Die hinkende Lotta 2

Lass dich nicht verVIREN!

Impressum:

Cover-Illustration: Magdalena Wadl
Foto der Autorin: Matthias Wadl

Druck und Vertrieb im Auftrag der Autorin: Buchschmiede von Dataform Media GmbH, Wien
www.buchschmiede.at - Folge deinem Buchgefühl!

Besuche uns online

ISBN:
978-3-99152-789-3 (Paperback)
978-3-99152-790-9 (E-Book)

PRINTED IN AUSTRIA

„Natürlich darfst du hinken
und mit dem Hintern winken.
Sorg dich nicht ums schiefe Bein,
im Herzen sollst du aufrecht sein.“

Frau Krönlein und Frau Spinada

Inhalt

Eigentlich geht es mir gut: Ich bin zufrieden, bestreite meinen Alltag, das Gebein hält zusammen, die Kinder wachsen wie die Rüben, ich habe immer genug zu essen und zu trinken, mir mangelt es nicht an Zeit und Fantasie, hab eine Hand voll Freunde und ein warmes, friedliches Zuhause.
EIGENTLICH. Und „uneigentlich“? Na ja, bei näherer Betrachtung wird mein Zustand mit fortschreitendem Alter ja nicht unbedingt besser. Seit Geburt begleitet mich eine infantile Zerebralparese (ICP), was bedeutet, dass ich mit einer spastischen Lähmung meinen Weg gehe. Immer ein bisschen in Schräglage unterwegs, nie so richtig geschmeidig. Und deshalb tut mir auch mein Kreuz schon ordentlich weh. Und die Schultern. Und die Knie und Hüften fangen auch immer wieder zum Aufmucken an. Der unaufhaltbare Alterungsprozess beschert mir zusätzlich noch graue Haare, tiefe Denkerfurchen auf der Stirn und ein Gesäß, das immer mehr dem Boden zugetan ist.
In meinem Garten könnte man glaubhaft ein Dschungelcamp drehen, das Haus gehört, wenn ich ehrlich bin, mal von einer Profi-Putzkolonne durchgefegt - sonst wird das nix - und DIE ZWEI sind auch noch immer bei mir. Ja richtig! Die zwei Strichmännchen-Damen. Sie lassen mich nicht los. Frau Krönlein und Frau Spinada. Hirngespinste aus meiner Kindheit, die mich seinerzeit überallhin begleitet und mit mir am Tisch gesessen sind. Meine Eltern zweifelten an meiner geistigen Gesundheit, mussten sich jedoch irgendwann geschlagen geben und einsehen, dass nur meine Bewegungsabläufe gestört, die Strichmännchen-Damen jedoch auf meine durchaus gesunde Fantasie zurückzuführen sind. Nennen wir es mal Kreativität. Dass es sich die Zwei eines schönen Tages, als ich längst dem Kindesalter entwachsen war, wieder auf meinem Fauteuil gemütlich gemacht haben und zu allem, was ich erlebe oder sage, ihren Senf in Form von vermeintlich weisen Sprüchen dazugeben, soll uns nicht weiter beunruhigen. Alles Verscheuchen nützt nichts, sie kommen immer wieder…
Kein Mensch – nicht mal ich selber – weiß, wie die zwei zu ihren Namen kamen. Die Spinada ist möglicherweise die wohlklingende, vermeintlich fremdsprachige Bezeichnung für Spinat, den Kinder angeblich ja nicht so besonders mögen. Oder kommt es von „Spina“, dem Rückgrat und ich hatte

damals schon eine Ahnung, dass mir mein Kreuz noch ordentlich zu schaffen machen würde?
Und bei Frau Krönlein muss es sich um einen heimlichen Wunsch von mir gehandelt haben, wie eine Königin zu sein. Dass das lateinische Wort für Krone „Corona“ ist, wusste ich damals, als Drei- oder Vierjährige, noch nicht und bekommt bei näherer Betrachtung und im Wissen um die Ereignisse der letzten Jahre wieder eine ganz andere Bedeutung.
Frau Krönlein ist eine eher Wilde, Unangepasste – immerhin rennt sie splitterfasernackt durchs Leben, einzig ihr Haupt umkränzt eine Krone, wohingegen Frau Spinada stets die Contenance behält und ihren Fokus sehr auf ihr Blumenkleidchen und ihre perfekte Frisur lenkt.
Was wollen die Zwei also nun bei mir und warum krieg ich die nur so schwer los?

1. **I wü wieda ham…**

Es fängt ja alles immer ganz harmlos an: Ich wache auf, ordne meine knackigen Gebeine und wünsche den zwei Damen auf meinem Lesesessel einen guten Morgen. Wie immer sind sie schon vor mir wach, Frau Spinada ist stylisch gekleidet, alles Ton in Ton, keinerlei modischer Fauxpas, das Kleidchen sitzt wie angegossen, die Frisur hält; sie schlägt die Beine übereinander und wartet schon ungeduldig, dass ich mich endlich auch in eine äußere Form bringe, die ihrer Augen würdig ist.

Frau Krönlein hingegen, also die, die eigentlich „Frau Corona-Krönlein“ heißen müsste, hüpft splitterfasernackt herum (Strichmännchen dürfen das!), balanciert auf den Ohren des Fauteuils, als ob sie schon 7 Kaffees mit 21 Zuckerwürfeln getrunken hätte, richtet hie und da ihre Krone und wird bald gar nimmer zu bremsen sein. Man merkt: die will raus, die will was bewirken, die will sich einen Namen machen und in den Mittelpunkt rücken, aber derweil noch hat Frau Spinada das Wort.

Und diese mahnt mich – wieder einmal. Ich soll doch raus aus meiner Komfortzone, sie will wissen, was ich in nächster Zeit so vorhabe, sie meint, ich wäre etwas altbacken und bieder geworden und hätte gar keine Ahnung mehr, wie der Hase so läuft.

„Bleibe aufgeschlossen, Lotta, begib dich doch wieder mal auf unbekannte Pfade. Lerne die Welt kennen und erfreue dich am Fortschritt“, raunzt mir Frau Spinada vom Sessel aus zu, *„du bist schon wie ein Heimchen am Herd, unternimm doch mal was!“*

Bleibe aufgeschlossen, begib dich doch wieder mal auf unbekannte Pfade, lerne die Welt kennen und erfreue dich am Fortschritt.

Ich überlege kurz und komme zum Entschluss, dass sie ja wie immer nicht ganz unrecht hat, meine Modepuppe, weshalb mir eine Stadtpartie mit Freundinnen vorschwebt, die bald organisiert ist: Mit zwei meiner überwutzelten Landmiezen begebe ich mich auf eine Reise in die Bundeshauptstadt. Mädels in Fahrt. Schon im Zug überfällt uns der erste Riesenhunger und wir suchen die Speisekarte des neuen Catering-Services auf und ab, können uns jedoch auf kein einziges Essen einigen, da die Unverträglichkeits-Warnungen als Fußnoten größer sind als das Weckerl selbst und wir irgendwie Bammel bekommen, als wir gewahr werden, dass man von so einer Semmel eventuell nicht nur Blähungen, Asthma und Ausschlag bekäme, sondern man im schlimmsten Fall eine hochgiftige Lupine mitfrisst, die wir drei nur allzu gut von unseren blühenden Hausmütterchen-Gärten kennen. Ja, ticken denn die alle noch richtig? „Kann Spuren von Lupinen enthalten?“ Im Weckerl? Hat sich der Bäcker über eine Sommerwiese gerollt, oder wie kommen Lupinen in den Teig?

Und in einer weiteren Fußnote ist gar zu lesen, dass ein Heimchen im Mehl sein könnte. Ein Heimchen! Ein Heimchen bin ich ja angeblich selber, mir schwant jedoch, dass es sich hier um eine gemahlene Hausgrille handeln könnte, was uns schließlich allen den Appetit verdirbt. „Wir essen doch nicht eine von uns“, möchte ich noch ergänzen, als der Typ mit dem Essenswagerl vorbeikommt, doch ich verkneife mir jegliche Kommentare, die darauf schließen ließen, dass wir eventuell doch biedere „Heimchen am Herd“ seien und die Spinada wieder mal Recht hätte.

Hungrig kommen wir in Wien an und wollen auf den erstbesten Kebap-Stand zusteuern, um uns für die U-Bahnfahrt eine Jause zu kaufen, da fällt uns ein, dass man in U-Bahnen nicht mehr essen darf. Man darf auch nicht mehr stinken. Das ist zum Verzweifeln. Wir drei sind hungrig, wir haben eine lange Fahrt hinter uns und es herrscht brütende Hitze in der Großstadt. Trotzdem: „Stinken in der U-Bahn verboten!“ Mit oder ohne Lupinen. Wir besteigen die erste Garnitur, die der Untergrund bietet und staunen nicht schlecht, als sich uns auf den Türen riesige Nasen präsentieren und man das Ganze mit „Schnupperfahrt“ betitelt: durch die Klimaanlage strömt Parfum

– allergiegetestet, wie wir anschließend aus der Zeitung erfahren, in den Nuancen „happy enjoy“ oder „relax“.

Relaxed sind wir nun gar nicht mehr, eher betört oder betäubt, noch immer nix zwischen die Beißerchen gekriegt, aber doch guten Willens, wenigstens ein bisschen shoppen zu gehen. Obwohl das Wort „shoppen“ bei uns zuhause ja eine andere Bedeutung hat (O-Ton Muttern: „Tua net so shoppen beim Essen, iss laungsam und nimm kloane Stückerl!“), wissen selbst wir Country-Miezen, dass damit das ausgedehnte Flanieren durch Geschäfte nebst Erstehen von mehr oder minder Brauchbarem gemeint ist.

Wir steuern also einen Dessous-Laden an, denn auch ein Landei braucht mal einen hübschen Eierbecher. Uns werden diverse Unterhosen präsentiert, da wir aber von „A… frisst Hose“ langsam alle genug haben, spezialisieren wir uns auf die reiferen Modelle und müssen feststellen, dass in einem ganz speziellen Teil Braun-Algen eingearbeitet sind. ALGEN! In der Unterhose! Ich möchte es nur wiederholen: ALGEN! Ich frage mich: Ist das deswegen, damit der vorhin erwähnte A…. mal eine andere Geschmacksrichtung kennenlernt oder warum? WIR kriegen nix zum Essen und unser Allerwertester sollte sich an Braunalgen aus isländischen Fjorden delektieren? Eyjafjallajökull und Kravuzi Kapuzi!

Wenn ich das der Frau Spinada erzähle, wird selbst sie mir beipflichten, dass man SO etwas nicht an sein Allerheiligstes lässt. Und der Frau Krönlein werden solche Sachen wieder mal egal sein, die ist ohnehin stets pudelnackert.

Rauf auf den Donauturm. Eine herrliche Aussicht. Sofern man keine Höhenangst hat. Zwei von uns drei haben welche, weshalb die Liftfahrt nach oben schon grenzwertig ist, der anschließende Rundgang auf der Plattform tut sein Übriges. Zur Beruhigung setzen wir uns ins Café, in der Hoffnung, endlich ein bisschen Entspannung und vielleicht auch mal was Warmes in den Wanst zu kriegen. Doch weit gefehlt! Das Etablissement dreht sich. Wo gibt’s denn sowas? Gerade noch finden wir einen Platz vis a vis vom Eingang und schon ist der Eingang wieder weg, gerade noch war da die Küche mit den Kellnern und schon sitzen wir vor einer Holzwand, gerade noch waren da die WCs und schon wissen wir wieder nicht, wohin mit unseren Algen-Hoserln.

Und Bedienung? Und Essen? Fehlanzeige! Reservieren hätten wir müssen, sagt man uns durch die Lupine, und die Kellner verschwinden so schnell hinter der Holzwand wie sich das Ding nur drehen kann. Schwindelig und am Ende unserer Kräfte verlassen wir den verwirrenden Schauplatz.
Es reicht jetzt. I wü wieda ham....

Auf die Gefahr hin, dass ich ordentlich Schimpf von meinen Strichmännchen bekomme, weil ich so schnell wieder zuhause und gar nicht offen neuen Erfindungen gegenüber bin, wie die zwei es sich wünschen, hüpfen wir in den nächsten Zug und ab geht's über den Semmering hinein ins Steirische. Dort können wir wieder ordentlich grasen, da brauchen wir nur „a weng douni oda obi gehn und schou shop ma wieda Erdöpfi mit Kernöul in uns eini"... Und die Lupinen lassen wir gefälligst in der Wiese stehen, damit sich im Algen-Hoserl nicht was anderes sammelt.

2. Amore, Amore - mit einem Wisch ist alles weg

Böse sind sie jetzt, meine Strichmännchen-Damen, dass ich nie was ändere und nichts Neues versuchen - geschweige denn akzeptieren - möchte, weshalb sie es nun auf einem anderen Gebiet probieren: ein Mann muss her, beschließen sie kurz nach meiner Wienfahrt und haben im Prinzip eh den Nagel auf den Kopf getroffen. Aber das ist nicht so leicht und geht die zwei Schicksen rein gar nichts an.

Gott sei Dank ist der heurige Frühling nicht so intensiv, es blüht zwar alles in herrlichster Pracht, aber es ist nicht lau, es ist nicht warm, es ist nicht heiß und was das Beste daran ist: es duftet nix, weil's dauernd regnet. Vom warmen Duft, von den Wogen, die da so aphrodisierend rüber schwappen zu mir, bekomme ich ja sonst immer so ein Kribbeln im Unterleib, wo ich als Unbemannte nicht recht weiß, wohin damit. Zugegeben, es kribbelt auch heuer ein bisschen, aber das dürfte meine überlastete Hüfte sein, die sich mit ihren furchterregenden Abnützungserscheinungen auch immer wieder bei mir meldet.

Außerdem bin ich verwirrt, ich weiß eigentlich nicht, wie die Männer so ticken, was die so wollen und brauchen, wo man sie sein lassen muss, wie sie sind und wo sie herausgefordert werden wollen. Oder wollen sie nur ein bisschen spielen oder brauchen sie ein Nesterl? ICH WEISS ES NICHT!!!
„Sei offen für die Liebe, mach dein Herz auf und sieh nicht alles mit dermaßen strengen Augen. Die Menschen sind wie sie sind, betrachte sie mit Liebe." Das hat sie mir zu sagen, die nackerte Frau Krönlein, dann fällt ihr fast wieder ihr Schmuck von ihrem Haupt, weil sie kopfüber am Sessel turnt – wie immer ohne jeglichen Genierer und irgendwie etwas größer und aufgeblähter als sonst.

Nun gut, man kann es ja mal wieder wagen.

Nach dem Motto „Was frisst so ein Partner überhaupt und wie alt werden die?" wage ich mich auf die virtuelle Piste, nachdem ich feststelle, dass ich trotz allem noch nicht ganz tot bin und mir vorkommt, dass dort, wo es bei mir kribbelt, gar keine Hüfte mehr ist.

So versuche ich mein Glück, Amore, Amore zu finden, eben – wie es jetzt modern und zeitgemäß ist – mit einer App. Es gibt ja schon für alles eine App und deshalb hab ich auch bald die passende für mich gefunden. DA ist was los! Halleluja! „It's raining men", zur Abwechslung mal. Da kann sich das Mai-Schlechtwetter hintanstellen. Ein Sammelsurium an Mannsbildern, mit Bart, ohne Bart, mit Hut, ohne Hut, mit Haaren, ohne Haare, mit Glatze, ohne Glatze (oder ist das das gleiche?), mit Bärli-Baucherl, mit Six-Pack, mit Sonnenbrillen, mit Bierdose in der Hand, mit weißen Tennissocken in Sandalen, mit einem toten Fisch, vor einem Auto, auf einem Auto (keiner ist UNTER einem Auto – Gott sei Dank!), auf der Maschine, auf dem Berg, im Fallschirm baumelnd …. Was weiß ich wo und wie noch überall. Einer hält eine Flöte in der Hand, ein anderer ein Buch, der dritte steht mit einer Glock da. Den will ich schon mal nicht, das steht fest.

Aber man soll sich ja nicht so auf die Äußerlichkeiten fixieren, weshalb ich eher bei den Charakterbeschreibungen der Kandidaten verhaften bleibe und mir schließlich drei Prachtexemplare von Mannsbildern herauspicke und eine Konversation mit ihnen starte.

Aber irgendwie ist der Wurm drinnen, weil ich ja, wie schon erwähnt, nicht weiß, wie die ticken. Nach einer Zeit des Hin- und Hertippens SCHREIBT der Erste: „du bist eine sehr tiefgründige Frau mit vielen guten Ansichten und scheinst einen sehr starken Charakter zu haben, bist weltoffen, tolerant und offensichtlich sehr resilient. Man kann mit dir sicher Pferde stehlen und sich hundert Prozent auf dich verlassen. Außerdem bist du humorvoll und offenherzig."

Und MEINEN tut er: „Die ist mir viel zu kompliziert, da fi…e ich lieber das hilflose Haserl aus der Nachbarschaft," und wischt mich mit einem Fingerstreich weg.

Mach dein Herz auf und sieh nicht alles mit dermaßen strengen Augen. Die Menschen sind wie sie sind, betrachte sie mit Liebe.

Recht hat er. Pferde kann man mit mir nämlich eh nicht stehlen, da bin ich nämlich allergisch drauf, das hat er nicht überrissen, der Depp.

Der Zweite SCHREIBT: rotes Herzerl, rotes Herzerl, rotes Herzerl, rotes Herzerl, rotes Herzerl, rotes Herzerl, rotes Herzerl, rotes Herzerl, rotes Herzerl, rotes Herzerl, rotes Herzerl, rotes Herzerl, rotes Herzerl, rotes Herzerl, rotes Herzerl, rotes Herzerl, rotes Herzerl, ich vermisse dich."

Und MEINEN tut er: „Ich brauche ein Nesterl, ich brauche die Wärme meiner Kindheit, ich brauche eine Putze und jemanden, der mich für immer und ewig liebt."

Ja, bin ich denn in einem Rosamunde-Pilcher-Film? Ich schicke ihm ein GRÜNES Herz retour und mit einem Wisch entfernt er mich. Es war ihm zu wenig Romantik, zu wenige Herzen. Und die falsche Farbe.

Der dritte Reinfall SCHREIBT: „Wau ihr Frauen hir seit ale So Geill, das ich mit jeder auf einem Café gehen will." Und MEINEN tut er eigentlich: „Wow, ihr Frauen hier seid alle so geil, dass ich mit jeder auf einen Kaffee gehen will." Aber viel weiter kommt er nicht beim Schreiben, denn den wische ICH weg, so schnell kann der gar net schauen. O Herr, lass Hirn regnen!

Nach diesen Erfahrungen beschließe ich, zum Orthopäden zu gehen und dem mal meine Hüfte zu zeigen. Vielleicht ist das Kribbeln in den Lenden ja doch eine handfeste Arthrose und ich erspar mir die blöde App.

3. **Die wundersame Vermehrung von Tisch und Bett**

Nun gut, mit den Männern wird das vorerst nichts mehr. Frau Krönlein und Frau Spinada schütteln ihre ehrwürdigen Häupter. Sie hätten immer viel Glück mit dem anderen Geschlecht gehabt, meinen sie. Die haben gut reden. Aber vielleicht sollte auch ich mir einen Mann AUFZEICHNEN. Wenn ich jetzt schreibe, der würde dann ein „Strich-Mann" sein, führt das aber vielleicht eher zu Missverständnissen. Also lasse ich das lieber.

Aber brauche ich überhaupt einen Partner? Zugegeben, er wäre ein schönes Schlagobershäubchen auf meinem Nachmittagskaffee. Von brauchen möchte ich nicht sprechen, soviel sei den Strichmännchen-Damen schon mal verklickert. Denn ich wage jetzt mal zu behaupten, dass ich so gut wie alles, was ein Mann an Klischees erfüllt, auch alleine bewältigen kann.

Da wäre zum Beispiel das Handwerkliche. Gemeinhin wird ja behauptet, dass Männer dies scheinbar in die Wiege gelegt bekämen oder zumindest das Interesse dafür. Ich bin da anderer Meinung und gehe immer wieder frisch ans Werk, wenn es etwas Derartiges in Haus und Hof zu machen ist.

Ausnahmsweise geben mir Frau Krönlein und Frau Spinada recht. Natürlich sind auch sie dafür, dass sich eine Frau nicht davon abhalten lässt, Dinge alleine in Angriff zu nehmen, natürlich sind sie für Emanzipation. *„Es kann mit einem Partner nur gelingen, wenn sich beide auf Augenhöhe begegnen und die Liebe und das Leben feiern, missbrauche keinen Mann für Handwerksarbeiten"*, flöten sie einhellig. Jo. Mimimi.

Nicht lange sollte es dauern, bis ich mein handwerkliches Können dann wirklich unter Beweis stellen kann:

Die Kinder werden nämlich so schnell erwachsen. Und dann ziehen sie aus. Und dann brauchen sie Bett und Kasten und Tisch. Und dann sind sie weg. So geschehen mit meinem Ältesten. Auf einmal war er weg. Das war an und für sich noch nicht so schlimm. Das ist der natürliche Lauf der Dinge. Aber auf einmal brauchte er auch Bett und Kasten und Tisch. Da hat sich's dann mit dem natürlichen Lauf der Dinge auch schon wieder aufgehört. Da fingen dann die Probleme nämlich erst so richtig an!

Sie sind ja schön anzusehen im Möbelhaus: Bett wie Kasten und Tisch. Auch schnell gekauft sind die Objekte, da gibt's nichts. Man bekommt sogar noch Bonus-Sammel-Gutschein-Punkte für ein gratis Einkaufssackerl, wird kurz Mitglied im Vorteils-VIP-GoldenCard-Club und dann hievt man auch schon die Möbel entweder gleich selbst ins Auto oder man wartet ein paar Tage und sie kommen sogar von sich aus in die Wohnung. Aber in welchem Zustand, frage nicht! Ein flaches Packerl! Ein flaches Paket in einem Karton, daneben das nächste flache Paket in einem Karton und gleich auch noch ein drittes!!!

Da Jugendliche ja ein bisschen Orientierung und Hilfe brauchen, erkläre ich mich bereit, schon mal mit dem Möbelaufbau zu beginnen, indem ich beherzt die Kartons öffne. Der Pappendeckelmüll verstellt mir alleine schon die Hälfte der neuen Wohnung, mein Bewegungsradius ist dadurch etwas eingeschränkt, doch ich grabe mich bis zu den Bedienungsanleitungen vor, die beim Kasten allein schon aus sieben Din-A4-Doppelseiten bestehen und so klein geschrieben sind, dass ich meine Brille dafür benötige. Hmmmm, mal sehen, scheint ja nicht so schwer zu sein, von den 345 Schrauben, Beilagscheiben und anderen kleinen Dingern, deren Namen ich nicht kenne, lasse ich mich nicht so schnell entmutigen.

Selbst ist die Frau - ich beginne dann mal zu schrauben. Zuerst geht's auch noch ganz flugs dahin, doch bald schon tauchen die ersten Schwierigkeiten auf, die einerseits auf Materialunzulänglichkeiten und andererseits auf körperliche Kalamitäten meinerseits zurückzuführen sind. Die Schrauben lassen sich irgendwie nicht ins Holz oder in den Karton kriegen - ich bin mir nicht mehr sicher, ob ich nicht statt der Kastenrückseite den Verpackungskarton verwendet habe... Mich schaudert kurz. Auch weiß ich nicht, ob die empfohlene Abstandszahl eines Winkels in Millimeter oder

Es kann mit einem Partner nur gelingen, wenn sich beide auf Augenhöhe begegnen und die Liebe und das Leben feiern, missbrauche keinen Mann für Handwerksarbeiten!

Zentimeter angegeben ist und ob dieser Winkel zum Tisch, zum Bett oder etwa zum Kasten gehört.
Und schließlich meldet sich nicht nur mein Kreuz, sondern es treten auch die ersten Schwielen auf den Händen auf, weil ich sehr große Kraft fürs Schraubenreindrehen anwenden muss. Kleines Päuschen, Wirbelsäule zurechtgerückt, mit den Fingern ein paar Mal gekracht und schon weiß ich mir zu helfen. Dunkel erinnere ich mich, dass meine Bohrmaschine ja auch eine Schraubfunktion hat und schon setze ich beim ersten widerspenstigen Ding an und schraube in Windeseile und mit einem Höllenlärm daran herum. Weil's so gut läuft, tu ich das gleiche auch bei den anderen 4 widerspenstigen Dingern und ehe ich mich versehe, komme ich drauf, dass ich die Bohrfunktion eingeschaltet hatte und nicht nur die Schrauben bald wieder alle heraussen liegen, sondern das Gewinde samt Bohrer völlig zerstört ist. Macht ja nix, hab ja eh noch 340 Schrauben und Beilagscheiben und Sachen, deren Namen ich nicht kenne. Weiter geht's im Höchsttempo und als sich auch noch mein Knie und die Hüfte und der leere Magen und die volle Blase bei mir melden, beschließe ich, die Sache für heute gut sein zu lassen und schaue mir mein Werk in einer weiteren kleinen Pause bei einer Tafel Schokolade (die hab ich mir sowas von verdient!) mal von der Ferne an:
Der Kasten steht halb da, also eigentlich liegt er irgendwie noch unmotiviert im Raum herum und mich würde wundern, wenn man da jemals auch nur EIN Kleidungsstück aufhängen wird können. Das Bett sieht nicht so aus wie im Möbelhaus, das muss ich zugeben, aber da kann man sich ja oft täuschen, vielleicht hat sich mein Sohnemann wirklich ein Hochbett und kein Spring-Bock-Bett ausgesucht. Und der Tisch? Na ja, der Tisch hat bloß zwei Beine. Wurscht. Man kann ihn im schlimmsten Fall auch an die Wand lehnen.
Was mich aber noch mehr verwundert, ist die Tatsache, dass jetzt auch noch ein SESSEL daneben steht und ich aus Bett, Tisch und Kasten offensichtlich noch ein weiteres Möbelstück gezaubert habe. Mit zwei Beinen zwar nur, aber auch den kann man schließlich im Notfall an die Wand lehnen.
Was bin ich doch begabt – auch ohne Mann! Jetzt kann mein Baby endlich einziehen!

4. Also mal angenommen, ich wäre ein Hamster

Der Älteste ist nun also aus dem Haus, die Strichmännchen-Damen haben vergeblich versucht, mich aus dem selbigen zu locken, um meinen Horizont etwas zu erweitern und man hat es mit dem Besuch der Großstadt und dem Aufreißen von Frischfleisch probiert. Aber es hat eben nichts so wirklich bei mir gefruchtet. Und dann, so mitten im Flow, in dem wir alle waren, passiert plötzlich folgendes:

Frau Spinada wird jeden Tag kleiner und kleiner, blasser und blasser. Hat auf einmal nichts mehr zu sagen, verliert an Strahlglanz und Eleganz, ihr Kleidchen wirkt zerknittert, die Lebensfreude, die Grazie und das Frohlocken sind vorbei, sie tritt völlig in den Hintergrund und scheint fast in meinem Polstermöbel zu verschwinden. Sie habe es auf die Spitze getrieben, meint sie, es müsse ein Umdenken stattfinden, sie könne nicht mehr so weitertun. Ihre eigene Oberflächlichkeit störe sie plötzlich sehr, auch sie würde gerne zu sich selber finden, sein, wer sie wirklich ist und nicht immer nur für alle das hübsche Püppchen. Auf die echten Werte wolle sie sich besinnen, wieder sie selber sein...

Zeitgleich dazu wird Frau Krönlein, deren echter Name ja, wie bereits erwähnt, „Frau Corona“ ist, immer präsenter. Der ist alles egal, die fährt drüber über ihre Kollegin, die rotiert am Sessel herum, die beherrscht alles. Mir scheint sogar, sie wird jetzt noch dicker und immer größer, sie nimmt sehr viel Raum ein und nimmt Frau Spinada und mir die Luft zum Atmen.

Was soll das auf einmal? Was ist hier los? Plötzlich herrscht ein Ausnahmezustand – nicht nur in meiner kleinen Welt, sondern auf dem ganzen großen Erdball.

Corona beherrscht alles.

Eine Viruserkrankung, die sich schnell zur Pandemie ausweitet und alles auf den Kopf stellt. Die Leute erkranken in unterschiedlichen Schweregraden, die Intensivstationen sind überfüllt, das Pflegepersonal mit den Kräften am Ende und einige Erkrankte sterben sogar daran.

Die Gasthäuser dürfen nicht mehr öffnen, wodurch die Leute anfangen, selber zu kochen, die Schulen schließen, weshalb die Eltern ihren Kindern wieder bei den Hausaufgaben helfen müssen, die Containerschiffe werden in

China nicht mehr abgefertigt, weshalb bei uns so manche Schraube fehlt und wir dürfen einander nicht mehr berühren, weil jeder ein potentieller Krankheitsüberträger ist. Auch können wir einander nicht mehr riechen, weil wir gezwungen werden, Masken zu tragen und irgendwann lässt man uns dann gar nicht mehr raus aus dem Haus.
Und auch die Lebensmittel scheinen plötzlich knapp zu werden. Man beruhigt uns durch die Medien, es sei alles nicht so schlimm, man solle sein Einkaufsverhalten nicht ändern und ja keine Hamstereinkäufe tätigen. Dies würde alles nur verschlimmern und zu einer großen Unsicherheit führen, woraufhin die Franzosen die Regale mit Rotwein und Kondomen leerkaufen, die Österreicher Mehl und Klopapier. So hat jeder seine Hobbies.
Auch Frau Corona-Krönlein versucht, den Ball flach zu halten, obwohl sie mir ganz und gar nicht mehr geheuer ist. Zuerst finde ich die Sache ja noch aufregend, doch die Dame führt mit ihrem Verhalten zu einer gewissen Unsicherheit, weil man sie sehr schwer einschätzen kann.
„Das Leben gibt dir, was du brauchst. Sorge dich nicht. Du wirst aus der Fülle schöpfen,“ sagt sie eines Tages zu mir, als ich schon etwas panisch-angesteckt überlege, wie ich essenstechnisch überleben könnte, nachdem ich ja vier Mahlzeiten täglich verzehre und recht ungut werden kann, wenn der Energiespiegel aufgrund von Unterzuckerung sinkt. Ich sage nichts dazu und verschweige meine immer mehr aufkeimende Angst.
Aber mal angenommen, ich hätte mich auch von der leichten Massenhysterie des bevorstehenden akuten Hungertodes anstecken lassen und wäre zum Discounter ums Eck gestürmt und hätte mich mit den anderen Angesteckten verbal um das letzte Packerl Mehl geprügelt. Also mal angenommen, es wäre so gewesen und ich hätte aber nur mehr das Bio-Mehl um 40,-€, das von nachhaltig regional gehaltenen glücklichen Weizenkörnern stammt, ergattert und wäre dann damit nach Hause gefahren, beruhigt, dass mir jetzt nix mehr zustoßen könne. Also mal angenommen, das wäre so gewesen, … dann wüsste ich jetzt eigentlich nicht, was ich mit diesem Mehl in Mangelzeiten so wirklich anfangen könnte.
Weiß das sonst irgendwer? Oder tun die alle nur so, als könnten sie plötzlich kochen?

Das Leben gibt dir, was du brauchst. Sorge dich nicht.
Du wirst aus der Fülle schöpfen.

Sicher, ich könnte Palatschinken oder Spätzle machen, bräuchte jedoch dazu Eier, die ich jetzt aber nicht gebunkert habe – hat mich kein Paniker in diese Richtung angesteckt. Auch könnte ich Pizza machen, dazu bräuchte ich aber eine Germ, die ich allerdings vergessen habe vorrätig in Trockenform zu lagern. Aber das war's dann auch schon mit meinen Rezepten.
Oder fangen wir jetzt alle zum Brotbacken an? Dazu bräuchte man aber auch eine Germ – hab ich zumindest gegoogelt. Denn wissen tu ich sowas nicht. Hab in meinem ganzen Leben noch kein Brot gebacken. Und die Dunkelziffer, wie viele von den Mehl-Hamsterern es auch noch nie gemacht haben, ist angeblich höher als die Virus-Sterbe-Rate.
Marie Antoinette, die aus Österreich stammende französische Königin im 18. Jhdt., hatte seinerzeit ja einen guten Tipp, was man mit Mehl machen könnte: „wenn sie kein Brot haben, dann sollen sie doch Kuchen essen", unterstellt man ihr gesagt zu haben. Also könnte ich Kuchen backen, wobei ich gerne an meinen ersten „Becherkuchen" zurückdenke. Das Rezept besagt, man nehme ein Jogurt-Becherl und messe darin Mehl, Zucker, Kakao etc. Am Schluss des Rezeptes schrieb mir mein Mütterlein: „1/2 Backpulver". Ich gehorchte. Und schüttete ein halbes Yogurt-Becherl (!) voll Backpulver dazu. Da gab's kein Verhungern mehr. Der gute Kuchen vermehrte sich binnen Minuten im Backrohr um ein Vielfaches seiner selbst, ich verwendete mehrere Gefäße und Formen und zehrte einige Wochen von diesem explosiven Stück. Aber das ist eine andere Geschichte.
Und dann? Am Ende der Verdauungskette? Mal angenommen, ich hätte mich in den letzten Tagen auch von der Hysterie des Toilettenpapierkaufes anstecken lassen, und ich hätte davon so viel zur Verfügung, dass ich selbst die vielen Ärsche damit nicht in die Flucht schlagen könnte, die mir in meinem Leben noch so begegnen werden. Was dann?
Dann könnte ich ja mit dem vorrätigen Bio-Weizen-Mehl unter Zugabe von Wasser ein wenig Kleister produzieren und mit dem Häuslpapier eine gediegene Papiermaché-Maske anfertigen, um die Menschheit vor meinen Ausdünstungen zu schützen. Ohne Germ und ohne Eier.
Also alles mal nur so angenommen. Ist aber eh nicht so.
Ich werde nämlich, da ich beim Einkaufs-Hype nicht mitmache, jämmerlich verhungern - jedoch in Würde und mit blitzeblankem Po.

5. Es ist ja eh alles da…!

Sorget euch nicht um euer Leben, was ihr essen und trinken werdet … sehet die Vögel unter dem Himmel an … sie sammeln nicht in die Scheunen … und euer himmlischer Vater ernährt sie doch. Seid ihr denn nicht viel kostbarer als sie? Mt 6, 25-26

Na habe d'Ehre. Das kann ja noch was werden. Wenn Frau Corona-Krönlein so weiterwütet, wird das in der nächsten Zeit kein Vergnügen. Sie ist in ihrem Element. Sie hüpft am Sessel vor Freude, zeigt mir ihren nackten Strichmännchen-Damen-Po und wird richtig scharf, als sie hört, dass die Menschen sich in einen Lockdown begeben müssen. Wir sollten das Haus nicht mehr verlassen. Keine Schule mehr, keine Arbeit. Alles von zuhause aus. Keine Freunde mehr treffen, es reicht, wenn wir über WotSepp kommunizieren, die Kinder werden über den Computer unterrichtet, Vorsorgeuntersuchungen sollte man hintanstellen, alles andere telefonisch mit dem Arzt besprechen und nach Tunlichkeit auch nicht zu viel atmen. Und wenn, dann nur in eine Maske hinein. Vorerst mal in eine blaue, leichte. Oder in einen Plexiglas-Gesichts-Schirm, wo man entweder unterhalb alles rausspradert oder oberhalb die Aerosole tanzen lässt.

Ah ja! Und nach Möglichkeit nicht jeden Tag einkaufen gehen, haben sie wieder und wieder gesagt, besser gleich für eine Woche, haben sie gesagt. Aber nicht hamstern. Den anderen Mitmenschen auch noch was übriglassen, haben sie gesagt und mit Hausverstand shoppen gehen. Tu ich. Mach ich. Für eine Woche eingekauft. Check. In zwei Tagen alles zusammengefressen. Check. Jeans spannen ein bisschen, is aber eh wurscht, bin eh nur mehr in Schlabberhosen. Da hat noch viiiiel Eingekauftes Platz.

Frau Spinada ist entsetzt. Wie kann ich mich so gehen lassen. Ihr blasses Kleidchen zupft sie zurecht, wischt mit Spucke ein paar Flecken raus und verschwendet natürlich keinen Gedanken daran, dass ein Strichmännchen vielleicht mit seinen Tröpfchen auch etwas vorsichtiger sein sollte.

Und sie redet wieder ein bisschen mehr und gibt mir zu verstehen: *„Das Verborgene kommt ans Licht. Es bleibt nichts im Dunklen, kein Stein auf dem anderen.“*

Keinen Schimmer, was sie meint, bis ich anfange, alte Sachen aufzuarbeiten, sei es aus coronatechnischen Gründen der häuslichen Inhaftierung oder weil

Das Verborgene kommt ans Licht.
Es bleibt nichts im Dunklen,
kein Stein auf dem anderen.

man halt einfach einen Frühlingsputz um diese Zeit macht. Ich habe die Winterkleidung gewaschen und eingemottet, die Sitzpolster bis ins kleinste Eck durchgesaugt, in den Kinderzimmern die Regale abgestaubt usw. Und da passiert das Unfassbare:
Am 3. Tage nach dem letzten Wochen-Einkauf, also genau dann, als wir nichts mehr Verwertbares im Haus haben und ich mich nicht raus zum Einkaufen traue – könnte ja ein Nachbar beobachten und heimlich eine Stricherl-Liste über meine Freigänge führen – bereite ich eben besagte Winterkleidung für die Waschmaschine vor, indem ich die Taschen leere. Es finden sich folgende Gegenstände: fünf durchaus noch verwendbare Taschentücher, Haarspangen in vier verschiedenen Ausführungen, originalverpackte Damenhygiene-Artikel mit zwei Buchstaben, Kleingeld im Wert von 23,40 €, Zuckerl von zwei verschiedenen Markenfirmen, der Schlüssel einer Nachbarin, die uns im Sommer letzten Jahres gebeten hat, auf ihr Haus zu schauen, ein Zettel mit dem Namen „Friedrich" samt seiner Telefon-Nummer und ein Müsli-Riegel.
Im Wohnzimmer geht es erfolgreich weiter: Beim Durchsaugen der Sitzpolster stoße ich auf diverses Knabbergebäck, auf weitere Haarspangen, zwei Kondome mit nur ganz kleinen Rissen und Taschentücher mit vorzüglich erhaltenem Mentol-Aroma. Bei den anschließend durchgeführten Aufräumungsarbeiten in den Kinderzimmern kommen zwei gefüllte Jausenboxen mit Äpfeln, Butter-Keksen mit was-weiß-ich-wie-vielen Zähnen, vier isotonische Getränke, zwei Mineral und eine Packung Gummibärchen ans Tageslicht, außerdem finden vier Paar Socken wieder zueinander und Buben- und Mädchen-Kleidung – vor Jahren in die falschen Kästen eingeordnet – wird nun dem rechtmäßigen Besitzer zurückgegeben. Beim Zeug der Kinder befinden sich des Weiteren vier Probepackungen Instant-Nudeln mit Asia-Geschmack als Werbegeschenke noch vom Schulbeginn, zwei Versicherungspolizzen für mögliche Unfälle auf dem Schulweg, meine seit Jahren verschwundene Lieblings-Haar-Bürste und Katzenfutter für ein ganzes Tierheim.
Und dann kommt die große Enttäuschung der ganzen wundersamen Suche: Kein Toilettenpapier!
Verdammt, ich werd' wohl doch wieder einkaufen gehen müssen …

6. Narrenfreiheit

Irgendwie bin ich schon etwas mürbe, das ist alles ein sehr seltsamer Zustand. Die Leute beginnen sich zu verändern, die einen bangen und haben Angst, ziehen sich zurück, verfallen in einen Gesundheits- und Schutzwahn, die anderen beginnen, sich Geschichten und Verschwörungsszenarien auszudenken und tun diese laut kund. Auch bei denen ist die Motivation Angst, sie gehen nur anders damit. Kurzum: Corona macht was mit uns Menschen.

Madame Corona-Krönlein ist in ihrem Element. Sie trägt seit neuestem auch eine Maske. Also nicht nur Krone, sondern auch Schutzmaske. Ich glaub, die will mich veräppeln.

„Hüte deine Zunge, denn sie führt dich ins Verderben", prustet sie hinter ihrem Spuckfetzerl hervor und gibt mir zu verstehen, dass ich wieder einmal die zweite Seite der Medaille sehen soll, nämlich die schöne, positive, die erheiternde.

Masken zu tragen ist primär ja gar nicht so schlecht, ich geb's zu. Den gesundheitlichen Effekt jetzt außen vorgelassen. Gehen wir mal nur nach dem Optischen. Wie die Leute jetzt plötzlich alle hübsch sind, wenn man nur die Augen sieht. Den sogenannten Spiegel der Seele. Herrlich! Keine schiachen Leut' mehr - hat man zumindest das Gefühl.

Und was man hinter so einer Maske alles anstellen kann…

Ich zum Beispiel fühle eine gewisse Narrenfreiheit und gebe oft meinen Gefühlen ungeniert freien Lauf: wenn sich etwa jemand bei der Kassa vordrängt, schneide ich eine wilde Grimasse, die ich mich in maskenfreien Zeiten niemals hätte zu machen getraut – vor lauter guter Kinderstube.

Hüte deine Zunge,
denn sie führt dich ins Verderben.

Oder wenn ich die Nervige vom Bus sehe, zeige ich ihr unentwegt – stumm, aber sehr deutlich – meine Zunge. Solange, bis sie mir an der Maske picken bleibt. Aber das ist es mir wert. Endlich hab ich dieser Schlampe gezeigt, was ich von ihr halte…

Und weil ich gemerkt habe, dass mich auch die anderen Leute manchmal ziemlich nerven, äffe ich sie jetzt ständig nach, wenn sie sich miteinander unterhalten und sie ihre Verschwörungstheorien und ihr halbseidenes Virologen-Wissen zum Besten geben. Ah bäh bäh bäh bäh bäh…. Unter vorgehaltener Maske selbstverständlich.

Einem jungen Mann, einem richtigen Hottie, der mir unlängst über den Weg läuft, schicke ich ein paar unschuldige Busserl nach, man will die Jugend ja nicht verderben und hat ja schließlich Manieren.

Gar noch geiler treibe ich es aber mit einem g‘standenen Mannsbild auf Augenhöhe, indem ich eine äußerst frivole Bewegung mit meinem Zünglein vollführe. Ach, tut das gut! Meine Kinderstube kann mich mal.

Und keiner von denen hat was mitbekommen, das ist das Beste daran.

Oder irre ich mich da etwa? Sind die Augen nicht doch das Fenster zur Seele und jede Bewegung, die man mit seinen ca. 50 Gesichtsmuskeln vollzieht, ist auch in der Augenpartie ersichtlich?

Gott, ist das peinlich, da werd ich mich wohl bei einigen entschuldigen müssen nach der Krise, aber zuerst pfeif ich sicher noch einmal dem g'standenen Mannsbild ordentlich nach und wenn er dann zurückkommt, gehört er mir – für immer, sagt Konfuzius … oder so ähnlich.

7. **Nein, meinen Keller putz ich nicht....!**

Wenn die Zeiten keine guten sind, träumt man ja oft sehr schöne, sehr unrealistische Dinge. Auch ich bin eine Träumerin.
(Entlehnt aus: „Der Struwwelpeter/die Geschichte vom Suppen-Kasper")

CORONA lebt – und was nun?
Zuhause bleiben und alles tun,
was man seit Jahren liegen ließ:
sortieren, räumen – ist das fies!
Doch Lotta fing gleich an zu schrei'n:
„Ich putz nicht meine Küche! Nein!
Ich putze meine Küche nicht!
Nein, meine Küche putz ich nicht!"

Am n ä c h s t e n Tag – ja sieh nur her!
Da war es noch viel dreckiger.
Da fing sie wieder an zu schrei'n:
„Ich wische keinen Boden! Nein!
Ich wische meinen Boden nicht!
Nein, meinen Boden wisch ich nicht!"

Am d r i t t e n Tag, o weh und ach!
Da wurd' sie erst um elfe wach!
Sie wollt' sich machen hübsch und fein,
doch keine Wäsche war mehr rein:
Ich wasche keine Kleidung! Nein!
Ich wasche meine Kleidung nicht!
Nein, meine Kleidung wasch ich nicht!"

Am v i e r t e n Tage endlich gar
der Garten ruft – das war ganz klar,
heute mal rechen, kehren,
Hecken trimmen mit großen Scheren.

Nein, meinen Keller putz ich nicht!

Da fing sie wieder an zu schrei'n:
„Ich mache keinen Garten! Nein!
Ich mache meinen Garten nicht!
Nein, meinen Garten mach ich nicht!“

Am f ü n f t e n Tag, o weh, o Graus,
der Keller schaut verheerend aus,
man könnte ordnen und entleeren
oder all den Staub nach unten kehren.
Wie kann man nur so trotzig sein?
„Ich räume keinen Keller! Nein!
Ich räume meinen Keller nicht!
Nein, meinen Keller räum ich nicht!“

Am s e c h s t e n Tag, es ist ein Jammer,
voller Bücher ist die Kammer.
Die Schriften woll'n gelesen sein,
doch sind sie all gedruckt so klein.
„Ich brauche keine Brille! Nein!
Ich brauche meine Brille nicht!
Nein, meine Brille brauch ich nicht!“

Doch dann kriegt Lotta großen Mut.
Der Streik im Haus tut ihr sehr gut.
„Dieses Gschafteln mach ich nicht,
da hol mich eher noch die Gicht!
So a g'störte Pandemie
zwingt mich nimmer in die Knie;
spielt nur blöd mit unserer Not!“

Am s i e b t e n Tag war CORONA tot.

8. **Bin ich im Zoo, oder was?**

Leider gab es Corona länger noch, kein Ende in Sicht, auch nicht am 7. Tag. Sie fühlt sich stark, die Frau Corona-Krönlein. Sie ist in ihrem Element, während Frau Spinada immer mehr in sich zusammenfällt. Ich hab die zwei sooo satt, dieses Kräftemessen, dieses eifersüchtige Gehabe. Mal tut sich die eine hervor, mal die andere.

Deshalb brauche ich dringend Abwechslung von den beiden und beginne mit einem dritten Wesen zu liebäugeln: einem Elefanten. Eh nur mit einem kleinen, einem Baby. Den hat jetzt nämlich schon fast jeder, der ist in der Corona Zeit neu aufgetaucht. Da bin ich dann auch nicht mehr so schräg und werde nicht so schief angesehen wie mit meinen beiden Strichmännchen-Damen, die mir ohnehin keine Freude mehr bereiten. Da schwimme ich dann so schön mit dem Strom, da entspreche ich endlich der Norm:

Abstand halten soll man nämlich halten, haben's gesagt. Einen so großen wie besagter Babyelefant. Gut. Aber wie groß ist ein Babyelefant? Sicher, ich weiß, das ist nur ein reißerisches Beispiel, damit man seinen Mitmenschen ja nimmer zu nahekommt, aber vorstellen kann ich mir trotz intensiver Suche im Internet das sympathische Rüsseltier eigentlich nicht. Doch die Elefanten sind jetzt im Angebot, also schlage ich zu. Aber was frisst so ein Viech und wie lang lebt es und wie groß wird es und was macht es eigentlich so den ganzen Tag? Töröööö!

Mein Leben ist anders geworden, seit ich ihn habe. Er leistet mir gute Dienste, das geb ich zu. Wir gehen nebeneinander zum Lebensmittelgeschäft und wenn jemand versucht, sich von hinten anzupirschen, drängt er sich dienstbeflissen dazwischen. Wenn ich mit dem Rad fahre, läuft er neben mir her und trötet vor sich hin, damit mir kein anderer Radfahrer in die Quere kommt. Wenn der Paketdienst läutet, nimmt er für mich sogar die Packerl entgegen. Und für die Apotheke brauch ich ihn ja auch. Haben's gesagt. Töröööö…..

Einen Babyelefanten weit Abstand halten.
Töröööö!

Was aber echt etwas nervt, sind ein paar andere Sachen. Duschen mit ihm zum Beispiel ist echt unmöglich, da sprengt er alle Grenzen. Und in der Badewanne führt er sich auf – pfiat di Gott! Jeden Tag die gleiche Überschwemmung und ein Getröte, dass die Nachbarn mehrmals rüber klopften. Töröööööö.

Wenn ich im Wald spazieren gehen will, holzt er links und rechts alles ab und so wirklich stubenrein ist das gute Tierchen halt auch nicht. Frage nicht.

Und erst im Bett! Manchmal lag ja schon ein Mannsbild neben mir und bestand auf einen Sicherheitsabstand zwecks erholsamen Schlafes und so weiter. Aber so ein Elefant? Der Rüssel allein ist ja schon dermaßen lang, da war alles bisher Gesehene der reinste Lercherlschas dagegen. Und wenn er sich einmal umdreht, liegt er entweder auf mir drauf oder ich am Boden. Da war das mit den Männern seinerzeit nicht so kompliziert. Ein dreifaches Törööö darauf!

Gut, dass es nach geraumer Zeit wieder zu Lockerungen der Coronaregeln kommt und man sich schrittweise wieder der Tiere entledigen kann bzw. sich die Menschen einander wieder annähern dürfen. Nicht alles, was nämlich trendy ist, ist auch gut und praktisch.

Irgendwie sind mir meine Strichmännchen-Damen dann doch lieber, alleine schon deshalb, weil sie weniger Raum einnehmen und nur ICH sie sehe. Auch wenn sie ganz schön verrückt sind, die Zwei.

9. Maskerade

Jetzt sind sie böse auf mich, meine zwei gezeichneten Gäste. Eifersüchtig auf ein Elefanten-Baby und angerührt! Die sollen sich nicht so aufführen. Ja, ja, zugegeben, ich war in letzter Zeit viel ohne deren Unterstützung unterwegs und habe auch einiges erlebt, aber ich nehme mir deren Weisheiten auch oft zu Herzen. Noch laut klingt es in meinen Ohren, als mir Frau Spinada vor meinen Einkäufen mit auf den Weg gab: *„Das Unentdeckte kommt an die Oberfläche, das Offensichtliche wird verdeckt. Bleibe dir treu, geh deinen Weg!"*

In diesen langweiligen Corona-Zeiten verschieben sich die Blickrichtungen manchmal und was mir vorher gar nie aufgefallen ist, sticht mir plötzlich ins Auge. Auch wenn ich der Meinung bin, dass jeder zuerst vor seiner Türe kehren sollte, so muss ich jetzt mal ein bisschen Tratsch und Klatsch verbreiten. Ich kann nimmer anders. Sonst zerreißt es mich noch.

Neulich beim Discounter ums Eck gesehen: Den Nothnagl Max. Mit einer anderen! So ein Trottel! Geht mit einer Schnecke einkaufen, die ganz sicher nicht seine Angetraute ist. Gut, die beiden hatten Masken auf und irgendwie kennt man ja die Leut' nimmer mehr so gut, aber ich bin mir sicher, dass das nicht die Seinige war. Das Gewand schon allein. Die hatte nie so einen Geschmack, war eher von der biederen Sorte. Und das Schneckerl da jetzt – huiwui! – trägt sogar ein Geweih über ihrem Hinterteil. Das Gsicht ist verdeckt, den A… sieht man. Was sind das bloß für Zeiten! Sie nehmen mit verliebten Blicken ihr Häuslpapier vom Fließband und stoßen mit der Stirn ans Plexiglas neben der Kassiererin. Übertragbare Krankheitserreger kleben somit an der Scheibe und warten auf den nächsten Schädel, der sich daran reiben wird.

Das ist dann gleich derjenige von der Oberhuber Babsi. Sie braust als nächstes mit einem Wagerl voller Hundefutter daher. Was braucht denn die bitte sowas, die hat doch ein Katzerl, ja hat die einen Vogel!? Und wie sie heute vorbeirennt bei mir, sonst grüßt sie immer. Gut, sie hat eine Maske auf und irgendwie kennt man ja die Leut' nimmer mehr so gut, aber ich bin mir sicher, dass sie es war. Oder doch nicht? Sie hinterlässt ihren fettigen Stirnabdruck an der Plexiglasscheibe und schaufelt dabei ihre Hundsdoserl vom Fließband.

Das Unentdeckte kommt an die Oberfläche
das Offensichtliche wird verdeckt.
Bleibe dir treu, geh deinen Weg.

Und der Manfred vom Hochhaus drüben, ich weiß den Nachnamen nicht, der hat jetzt noch mehr Pickel bekommen, der trinkt wahrscheinlich wieder … und die Isabella Bleibtreu von der Siedlung rennt mit fetten Haaren rum, dass der Sau graust und alle tun sie so, als ob sie wer anderer wären. Ja kruzitürken, diese blöden Masken!
Die Gruber Gerli hat schon wieder eine neue Tasche, gut, sie trägt die obligate Maske und ich bin mir nicht sicher, ob sie es wirklich ist, aber die hat echt einen Fimmel.
Der Sommerer Horst glaubt sich wohl seit neuestem über reine Markenkleidung definieren zu müssen, weil er sonst nix am Kasten hat und der Prepasser Markus rennt durch die Gänge, als ob die Polizei hinter ihm her ist. Dabei hat er's doch immer mit'n Kreuz gehabt. Alle mit Masken. Aber ich bin mir sicher, dass das die Gruber, der Sommerer und der Prepasser waren. Gaaaaanz sicher. Oder doch nicht?
Was aber dem Fass den Boden ausschlägt, ist ein Typ, der gar keine Maske aufhat. Der geht quasi nackert zum Discounter. Zeigt alles her: die Nase mit den großen Löchern, die Wangen und die Lippen. Und als ich kurz einen Blick von ihm erhaschte, da zeigt mir diese Drecksau ohne Genierer sogar seine Zähne. Seine Zähne! Ich versteh die Welt nicht mehr! Auch er drückt sich mit seiner fettigen Stirn an die Plexiglaswand und bis ich an der Reihe bin, ist da schon ganz eine schöne Sammlung vorhanden.
Ich hinterlass schnell meinen Abdruck und sause auf den Parkplatz, reiß mir die Maske runter, schnappe nach Luft und muss erkennen, dass die Leute von vorhin, die jetzt alle gerade unmaskiert ihre Einkäufe in die Autos einräumen, gar nicht diejenigen waren, für die ich sie gehalten hab. Kein einziger!!! Der Nothnagl is wahrscheinlich eh immer noch glücklich mit seiner Alten, die Oberhuber streichelt zhaus eh noch immer ihre Muschi-Katze und ist noch nicht auf den Hund gekommen, der Manfred ist seit Jahren abstinent und hat eine Haut wie ein Babypopo.
Wenn ich wenigstens den „Holzmichl" getroffen hätte, könnt ich euch sagen, ob der noch lebt. Aber so? Diese blöden Masken! Und ich war soooo schön im Läster-Modus…

10. Ein Tag ohne Regeln

Die Zeiten werden besser. Nach dem Motto „es regnet, es regnet seinen Lauf und wenn's genug geregnet hat, dann hört es wieder auf", haben meine Familie und ich den ersten Lockdown mal gut überstanden. Wir sind auch alle von der Krankheit an sich verschont geblieben, haben uns zuhause nicht in die Haare gekriegt und sind nicht verhungert. Auch hatten wir immer einen sauberen Popo.

Dennoch ist es für mich als Mama manchmal sehr anstrengend, ständig präsent zu sein und mit gutem Beispiel meinen Tag zu verbringen. Sich nicht hängen lassen, ein fabelhaftes Vorbild sein, die Gratwanderung zwischen verdienter Ruhe und Faulenzen sowie zwischen Überarbeiten und gesundem Tagwerk zu schaffen.

Manchmal überfordere ich mich, vor allem körperlich. Dann schmerzen meine Gelenke noch mehr und ich bewege mich abgehackter und roboterartiger vorwärts als im entspannten Zustand. *„Du musst nicht immer nur ‚tun', lass dich einfach mal treiben, lebe in den Tag hinein, er wird dich leiten und führen."* Das haben sie mir gesagt, meine Damen, als sie wieder weniger beleidigt waren und wir unsere Fauteuil-Gespräche wieder aufnahmen.

Sie haben ja recht! Und diesmal bin ich auch wieder artig und höre auf ihre Tipps. Bald sollte ich die Gelegenheit dazu bekommen:

Die Kinder sind weg. Ab zum Herrn Papa. Juhu. Gleich eins vorweg, bevor da irgendwelche Missverständnisse entstehen. ICH LIEBE MEINE KINDER. Ich bin sehr, sehr gerne mit ihnen zusammen. Aber ich bin auch gerne allein. Sehr sogar. Einmal nur für mich, unbeobachtet von meinen Teenager-Mitbewohnern, einfach tun und lassen, was ich will, auf die Vorbildfunktion wird für kurze Zeit gsch…en.

Herumliegen, im Bett essen, dummes Zeug im Fernsehen schauen, halbnackt durch das Haus laufen, ungesunde Mahlzeiten zubereiten, am Tisch bröseln und mit dem Handrücken mal so herzhaft das Kernöl vom Goscherl wischen. Ausgedehnte Badewannenaufenthalte mit zu hohem Heißwasserverbrauch, möglicherweise sogar mit einem Gläschen Sekt, am Tag die Vorhänge zuziehen und vor sich hinrüsseln, nicht das Haus verlassen, sich nicht körperlich ertüchtigen, auch auf die Frischluft wird gepfiffen. Naschen, obwohl man Hunger hat und genau weiß, dass ein vernünftiges, nahrhaftes Essen jetzt besser wäre, laute Musik spielen und dazu singen, am Handy hängen, obwohl man schon viereckige Augen hat usw. Das war der Plan.

Und nun zur Realität: nachdem die Kids die Tür hinter sich zugeschlagen haben, weiß ich erst gar nicht, was von den vielen Sachen ich als erstes anpacken soll. Meine vormittäglichen Yoga-Übungen lass ich natürlich aus, bin halt dann ein bisschen steif, aber wurscht. Da ich immer hungrig bin, beschließe ich, mir Spagetti mit Käsesauce zu kochen. Keinen Salat, kein Obst, kein Gemüse. Nur ein primitiver Nudelhaufen mit einer geilen Sauce drauf. Ich habe kein Schlagobers zuhause, aber Sauerrahm wird's wohl auch tun, einkaufen geh ich nämlich wirklich nicht. Die Nudeln kochen eine Unendlichkeit vor sich hin und bleiben dennoch hart. Ich bereite meine improvisierte Sauce vor, was jedoch darin endet, dass der Sauerrahm zuerst die halben Küchenwände vollspritzt und danach ausflockt, der Käse zwar schmilzt, dann aber wieder nur in großen Klumpen am Löffel picken bleibt. Wurscht. Da muss ich jetzt durch, ich misch mir alles auf einem Teller zusammen, ein Teil der Sauce pickt am Tellerrand und als ich das Essen in mein Bett abschleppe, bemerke ich erst zu spät, dass besagte Saucenkreation auch unter dem Teller klebt und somit mein gesamtes Umfeld, sprich: Hose, Leintuch, Decke verschmutzt. Gut gemacht, Lotta, herzlichen Glückwunsch.

Danach nehme ich ein heißes Vollbad und ja, richtig erraten, ich schleiche zuvor noch in den Keller und will mir Sekt holen. Habe jedoch die Rechnung ohne den Wirt gemacht, denn ich finde nur mehr einen sauren alten, bereits geöffneten Wein. Und der wirkt. Fährt sofort in alle Glieder meines Leibes, gekoppelt mit dem heißen Wasser, bin ich nahe an einem Kreislaufkollaps. Ich habe ein knallrotes Untergestell wie ein Spanferkel, die Wangen glühen, mir ist schwindelig. Und schlecht. Und Sodbrennen hab ich. Mit letzter Kraft entsteige ich ungelenk der Wanne und bete zu Gott, dass ich nicht ohnmächtig werde, in die Wanne zurückfalle und mich am End' dann noch die Kinder nackert und gegart mit einem Weinglas in der Hand finden und einen Nachbarn rufen, der ihnen dann hilft, mich ins Trockene zu bringen.

Du musst nicht immer nur ‚tun', lass dich einfach mal treiben,
lebe in den Tag hinein, er wird dich leiten und führen.

Uff, ich hab's geschafft. Bin zurück in meinem Sauerrahm-Käse-Sauce-Bett, wo ich ein kleines Schläfchen mache. Zur Belohnung für die viele, heute schon geleistete Arbeit. Dabei zieh ich mir eine Serie nach der anderen rein. Als ich wieder zu mir komme, habe ich dermaßen Kreuzweh, dass ich vom Bett kaum mehr hochkomm. Hätte meine Dehnungsübungen am Vormittag doch nicht ausfallen lassen sollen. Außerdem hab ich vom Schlafen jetzt wieder Hunger bekommen und bin total krawutisch. Unausgeglichen und zornig. Hätte doch sollen in die frische Luft gehen, das viele Wohnungshocken tut mir nicht gut. Das übertriebene Schlafen auch nicht.
Ich beschließe, das Naschkasterl zu stürmen, esse die restlichen Osterhasen – jawohl, da waren noch welche übrig – zerlassen auf ein paar fetten Bananen. Während des Essens schreibe ich ein paar unanständige WotSepp-Nachrichten an Leute, mit denen ich seit Monaten, um nicht zu sagen Jahren, keinen Kontakt mehr habe, was noch unangenehme Kommunikationen nach sich ziehen würde. Aber das ist eine andere Geschichte. Und dann drehe ich die Musik mal so richtig laut auf und tanze. Dazu mischt sich erneutes Sodbrennen der bösesten Art, es entfleuchen mir ein paar lautstarke Flatulenzen und der Nachbar klopft das erste Mal, seit wir hier wohnen, an die Wand, weil er den Lärm nicht mehr erträgt. Fast 20 Jahre und 3 Kinder lang hat er durchgehalten, doch mein Auftritt heute lässt das Fass überlaufen.
Damit die Sache nicht noch mehr eskaliert, räume ich die Küche zusammen, was angesichts der an den Wänden klebenden Käsesauce ein Halbtagesprojekt wird, überziehe mein Bett, reinige das Badezimmer und versuche den auf WotSepp angerichteten Schaden in Zaum zu halten. Was für ein Tag – so ganz ohne Regeln…
Bitte, liebe Kinder, kommt recht schnell wieder zurück. Ohne euch ist eure Mami komplett verloren.

11. Rot, rot, rot ist meine Lieblingsfarbe

Mit Frau Spinada geht es aufwärts. Die Blässe ist aus ihrem Gesicht gewichen, sie kümmert sich wieder mehr um ihr äußeres Erscheinungsbild und lacht auch wieder. *„Die Farbe des Lebens wird sich in jeder Faser deines Körpers einnisten. Sei geduldig und warte ab, wie bunt es sein kann“*, flötet sie mir eines Tages zu, als Frau Corona-Krönlein ganz erschöpft und fahl im Gesicht auf der Armlehne hockt und wirkt, als ob sie sich geschlagen gegeben hätte. Doch der Eindruck sollte täuschen, die macht sicher bloß eine Rast und nimmt erneut Anlauf.

Nichtsdestotrotz scheint es mit der Lebensfreude aller nach diesem ersten Lockdown wieder bergauf zu gehen und auch bei mir rührt sich ein kreativer Einfall, der mich ins Geschäft treibt, um Stofffarbe, Fixierer und ein weißes T-Shirt um insgesamt schlappe13,-€ zu erstehen. Jawohl! Wieder mal batiken wie in alten Tagen, psychodelische Muster auf einem Gewand kreieren, nicht den Einheitslook von der Stange kaufen, wieder mal aus der Reihe tanzen. Das ist der Plan.

Und beim Tanzen hört sich der Spaß bei mir ja bekanntlich auf, weshalb die Realität sich dann folgendermaßen gestaltet: ich schaue mir zig Videos mit Anleitungen für komplizierte Muster und Schnürtechniken an und schaffe es sogar mit Unterstützung meiner Brille und einer extragroßen Lichtquelle die extra klein geschriebenen Bedienungsanleitung auf Farbe und Fixierer zu entziffern. Dann drehe und schnüre ich das Textil, wie ich nur kann, verwende ordnungsgemäß jedoch nicht wie vor 300 Jahren einen Spagat, sondern Haargummis. Und was noch anders ist als bei meinen letzten Versuchen: die Farbe, in meinem Fall eine leuchtend rote, braucht man nicht mehr in irgendeinem Bottich von Hand anrühren, sondern sie vereinigt sich in der Waschmaschine in einem unspektakulären Waschgang bei 40 Grad mit dem Kleidungsstück wie von selbst. Entspannt lehne ich mich zurück und warte. Das ist das letzte Mal, dass ich in dieser Causa entspannt bin, dies sei schon mal vorweggenommen.

Die Farbe des Lebens wird sich in jeder Faser deines Körpers einnisten. Sei geduldig und warte ab, wie bunt es sein kann.

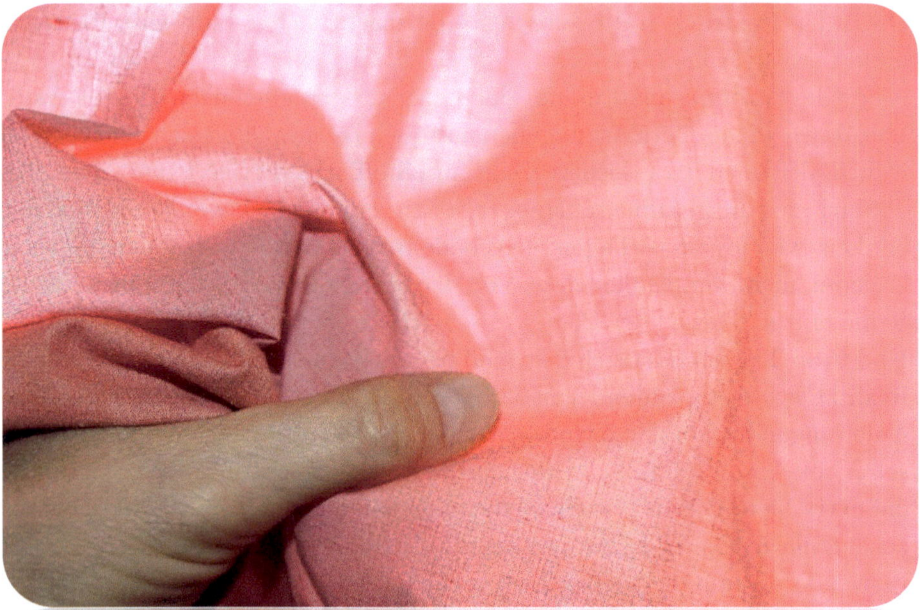

Nach Beendigung des Waschganges reiße ich die Trommel auf und muss mit Schrecken feststellen, dass die Haargummis der Maschinenbewegung offensichtlich nicht standgehalten haben und nun separat herumflattern, das T-Shirt aber ist rosarot. Und zwar durchgehend. Kein einziger Batikeffekt weit und breit. Nicht einmal ein Punkterl, das noch weiß geblieben wäre. Dafür aber tropft in den Gummilaschen der Trommel noch jede Menge Farbe, die sich beim Öffnen sogleich über den Boden und meine Zehen ergießt. Auch meine Hände haben was abbekommen. Ach, nicht so schlimm, ich tapse zum Waschbecken, nehme per Fußabdruck ein paar rote Schleifspuren mit und muss feststellen, dass sich mit reinem Wasser die Farbe nicht runterkriegen lässt.

Nach dem (vermeintlichen) Säubern der Waschmaschine lege ich noch eine Partie weiße Wäsche nach, lasse mein T-Shirt trocknen und probiere es danach auch gleich an. Die roten Spuren habe ich inzwischen über das ganze Haus verteilt, sämtliche Türklinken sind blutrot, an den Wänden kleben kleine Patzer, auf dem Holzboden sind Abdrücke. Doch das T-Shirt schaut ganz nett aus – auch ohne Batikeffekt – und ich ziehe es sofort an. Neue Sachen zeigt man ja gerne her, weshalb ich gleich eine Runde mit dem Rad drehe, etwas verschwitzt nach Hause komme und feststellen muss, dass das Shirt sowohl meine Unterwäsche als auch meine Hose angefärbt hat. Nun gut, es braucht also einen neuen BH, eine neue Unterhose, neue Jeans, neue Socken und das bisschen Reinigungsmaterial für die Türklinken, den Parkettboden, die Fliesen und ein bisschen Farbe für die Wände im Gang. Des Weiteren wird man einen Maler bestellen müssen.

Die Partie mit der weißen Wäsche ist inzwischen auch fertig, leider übersehe ich ein paar Farbrückstände in der Trommel, weshalb zusätzlich noch sieben Unterhosen, drei Handtücher, zwei Polsterüberzüge, vier Geschirrtücher, drei Waschlappen und zwei Hemden neu zu kaufen sind.

Das Ganze wird mir in etwa - samt Maler - auf 950, - bis 1.300, - € kommen.

„Die Farbe des Lebens wird sich in jeder Faser deines Körpers einnisten…“, hat sie gesagt, die Spinada. Schade, dass ich ihr Kleiderl nicht auch „versehentlich“ mitgewaschen hab …

12. Slipping through my fingers

Heute sind meine Strichmännchen-Damen aufgeregt, besonders Frau Spinada ist in Form. Der Corona-Krönlein geht es zunehmend schlechter, sie wird immer kleiner, bewegt sich nur mehr wenig, hie und da hüpft sie noch nackert auf dem Sessel herum, damit sie ein bisschen für Aufsehen sorgt, aber alles in allem ist sie ziemlich unauffällig. Frau Spinada weiß, dass ich zur Maturanten-Verabschiedung meiner Tochter gehe, sie spart nicht mit Bekleidungs- und Stylingtipps und ruft mir noch etwas Wichtiges hinter her: *„Sei dankbar. Dankbarkeit ist der erste Schritt zum Glück.“*

Ein großes Fest, so eine Maturanten-Verabschiedung... dort steht es nun, mein Mädchen. Ganz weit vorne, ganz weit oben. Mit Stöckelschuhen und Lippenstift. Und mit der Matura in der Tasche. Und ich bin sowas von stolz auf sie.

Gerade noch, so kommt es mir vor, hab ich mit ihr geschrien, weil sie wieder nicht wusste, wie man „viele bunte Blätter“ schreibt, weil sie zum x-ten Mal „fiele bunde Bleder“ in ihr Volksschul-Heftchen kritzelte und mir der Geduldsfaden dabei riss.

Gerade noch, so kommt es mir vor, hat sie mir stolz ihren Side-Cut präsentiert, den ihr der Nachbarsbursch im zarten Alter von vier Jahren mit der heimlich entwendeten Schere auf der Wohnzimmercouch verpasst hatte, nicht wissend, dass Side-Cuts ein paar Jahre später wirklich in Mode kommen sollten.

Und gerade noch war sie in Rollenspiele vertieft, in denen sie geistesabwesend rief: „Herr Pforrer, Herr Pforrer, da Jesus is gstorbn!“

Und jetzt steht sie da oben, ganz weit vorne. Und hat die Matura in der Tasche. Auch in Religion. Und in Mathematik. Und in all den anderen Fächern, von denen so mancher gar nicht weiß, dass sie überhaupt existieren.

Sei dankbar. Dankbarkeit ist der erste Schritt zum Glück.

Und die Zeit rennt. Slipping through my fingers all the time....

Heute noch einmal genug davon, um alles Revue passieren zu lassen. Während mein Mädchen also da oben, ganz weit vorne steht, lassen wir Eltern uns in einer dreieinhalb-stündigen Zeremonie durch sämtliche Wandertage und Ups and Downs des Schulalltags führen. Viele, viele Reden, viel, viel schöne Musik. Anekdoten aus den vergangenen 8 Jahren, Philosophien über Bildung und Erwachsenwerden, Fotos und Pralinen-Schachteln-Gleichnisse, wie ein erfüllendes Leben gelingen könnte und viele, viele Menschen, mit denen mein Mädchen in den letzten Jahren wahrscheinlich mehr Zeit als mit mir verbrachte. Lehrer, Begleiter, Kratzbäume und Reibeflächen, Freunde fürs Leben.

Und sie ist da vorne, ganz weit oben.

Sie kriegt nicht wirklich mit, dass mindestens vier Leute in den hinteren Reihen bereits eingeschlafen sind, dass ein Kleinkind mit Elefantenschritten 37 Mal neben den Sesseln hin und her trampelt und uns alle fast zum Wahnsinn treibt; dass mich meine Sitznachbarin bei der Sessellehne schnappt und mich damit beinah zum Kippen bringt, dass drei Leute glauben, sie müssten immer wieder aufstehen und publikumswirksam durch die Reihen stolzieren und dass mich vom Cranium bis zur Patella vom langen Sitzen alles schmerzt, was in meinem Körper Rang und Namen hat.

Sie steht ganz vorne. Und kriegt nichts mit. Und das ist gut so. Denn der Abend gehört ihr. Sie hat die Matura in der Tasche und mir gleitet mein Mädchen aus den Händen.

Slipping through my fingers all the time.
Aber sowas von stolz. Und dankbar.

13. **Werbung wirkt**

Jetzt sind sie wieder beinahe gleich groß, meine Damen, es herrscht ein Gleichgewicht zwischen Angst und Lebensfreude: Corona existiert zwar noch, wird aber so gut wie von den meisten Menschen ignoriert. Es gibt Lockerungen in allen Bereichen, es finden wieder Feste und Partys statt, auch Konzerte und Veranstaltungen. Die Virologen haben zwar noch den Zeigefinger gestreckt und warnen, doch die meisten Leute wollen im Sommer einfach ihre Ruhe haben von diesen strikten Maßnahmen.

Auch ich habe ein paar Freunde eingeladen. Man isst sich die Hucke voll, trinkt so vor sich hin, genießt das eine oder andere Achterl über den Durst, und hört dabei Musik. Frau Spinada ruft mir noch hinterher, als ich aus dem Schlafzimmer gehe und meine Leute begrüßen möchte: *„Überlege dir gut, welche Spuren du hinterlassen möchtest und welchen Samen du säst. Sehr wenig bleibt im Verborgenen, vieles kommt an die Oberfläche.“* Ich kann wie immer nichts mit diesem Orakel anfangen, sollte aber sehr bald schon peinlich berührt merken, was sie meint.

Ein entspannter Abend sollte es also werden, Essen und Trinken sind genug da, meine Freunde sind in Feierlaune und die Musik kommt aus der Tube, dort kann man sich beliebige Playlists gratis gestalten, die Video-Clips dazu ansehen und einfach gute Musik hören. Kleines Hinkebein (außer mir): die Werbung. Sie ist auf den Suchverlauf des Users abgestimmt und wird dazwischen, davor und danach eingespielt. Unbarmherzig. Richtig unbarmherzig.

Überlege dir gut, welche Spuren du hinterlassen möchtest und welchen Samen du säst. Sehr wenig bleibt im Verborgenen, vieles kommt an die Oberfläche.

Und so kommt es, dass wir zu „Lady Gaga" bereits ausgeflippt schunkeln und deren Elastizität und stramme Körperbeherrschung bewundern, während sie sich mit ihrem „Alessandro" im Bettchen vergnügt. Plötzlich aber wird der Song unterbrochen und eine ältere Dame raunzt aus dem Kanal: „In Ihrem Alter leiden Sie sicher auch unter Scheidentrockenheit?" Jo LeckFettn, das kann doch jetzt nicht wahr sein. Wie kommen die auf sowas? Sollte ich etwa jemals nach einer Lösung für dieses Problem online gesucht haben? Das war ich nicht. Danach hab ich nie gesucht. Ich schwörrrrrre! Dieser Interruptus hat mein anwesendes Publikum in heitere Laune versetzt. Die Party läuft.

Der nächste Interpret ist „Queen" mit „another one bites the dust", hoffentlich kommt jetzt nicht schon wieder eine Unterbrechung, schießt es mir durch mein perplexes Köpferl, doch ich gebe mich locker und singe lauthals mit. Das Unvermeidbare lässt allerdings nicht lange auf sich warten: „Haben auch Sie schmerzempfindliche Zähne, ein blutendes Zahnfleisch oder Mundgeruch, dann kommen Sie in unsere Zahnklinik nach Hegeschalyoönomony?" Geh reis o! Das kann doch nicht sein, wieso kommen die darauf, dass ich Mundgeruch hätte? Hat mein Laptop etwa Riech-Sensoren? Oder hätte ich jemals nach einer sauberen Zahnlösung gesucht? Neiiiiin! Ich war das nicht. Ich schwörrrrrre!

Meine Freunde lachen bereits lauthals und starten das nächste Lied, indem sie mir die Maus und somit die Kontrolle entziehen. Jetzt geht der Spaß erst richtig los. Offensichtlich derzeit auf meine Kosten. „Männer sind Schweine" dröhnt es aus einer Box, na immerhin wird auch noch wer anderer außer mir durch den Kakao gezogen. Daraufhin eine Stimme aus der anderen Box: „Leiden Sie unter ständigem Harndrang und klappt's nicht mehr so im Bett? Drüsen-Vorsteh-forte. Weniger müssen müssen. Schont die Sexualfunktion." Fuck! Das kann doch nicht sein, das war ich nicht, das hab ich in keine Suchmaschine dieser Welt eingegeben. Ich schwörrrrrre!

Was soll ich noch weitererzählen? Bei Hannah und ihrem „aussa mit de Depf" wird ein Kochrezept für Käsespätzle vorgestellt – als ob ich die nicht könnte!

- bei Bausas „gib mir mehr von dem, was du Liebe nennst“, will man mir einen Kredit andrehen, bei Abbas „dancing queen“ sollte ich einen neuen Parkettboden kaufen und bei Seiler und Speers „Herr Inspektor“ zählt man mir die nächstgelegenen Justizanstalten samt Bushaltestellen auf.

Das kann doch nicht sein, dafür kann ich alles nichts, danach hab ich niemals gesucht. Ich schwörrrrre!

Jetzt ist auch die Laune der anderen gesunken. Ja, kann man denn nicht mal mehr in Ruhe Musik hören? Es folgen Tipps für Yogabekleidung, Hornhautraspeln, Partnersuche, griechische Reiseziele, Scheidungsanwälte, Sicherheitsanlagen, Badsanierungen, Faltenstraffung, Rotweinlieferungen, und ein alter Plattenspieler wird bei einem privaten Flohmarkt angeboten. Mir reicht's. Den kauf ich mir! Denn den unnötig angebotenen restlichen Kram hab ich niemals gesucht…

…zumindest das mit der Prostata war ich wirklich nicht – ich schwörrrrrrre!

14. Das geht unter die Haut

Ich brauche jetzt erstmal Erholung. Nach der Blamage mit meinen Freunden und den ständigen Weissagungen der Strichmännchen-Damen gönne ich mir einen Urlaub in Griechenland. Die zwei schauen mir beschwingt beim Kofferpacken zu und rufen wie aus einem Mund zum Abschied: *„Ruhe und Arbeit gehören zusammen wie Arsch und Eimer. Lerne die Welt und die Menschen neu kennen."* Ja, sag einmal, was ist denn jetzt mit den zweien los?
Wir haben wohl alle dringend eine Pause nötig. Deshalb fahren meine Damen nicht mit und sollten während des Urlaubes wirklich auch nie auftauchen. Ein eigenartiges Gefühl – aber eben Urlaub. Auch von meinen zwei Hirngespinsten.
Eine kleine Auszeit also: Fünf Tage auf Korfu. Das Hotel kenne ich bereits – überschaubare drei Gebäude mit köstlichem Essen, Individualtouristen und Pärchen als Hauptzielgruppe, ein kleiner, feiner Sandstrand mit ein paar Liegen, griechische Heiterkeit und Ouzo aus einem Zapfhahn rund um die Uhr. Nichts wie hin, auch heuer wieder.

1. Tag:
„The building L is over the brizzzzzzz", flötet der Rezeptionist, als ich in der frisch renovierten Halle ankomme, was mich schon etwas stutzig werden lässt: wo, um Himmels Willen, war da jemals eine „brizzzzz", eine Brücke? Und was meint der Kerl mit „Gebäude L"? Bin ich hier im falschen Film? Noch ehe ich mich verseh, entdecke ich, dass man hinter den drei ursprünglichen Häusern die „Buildings" etwas erweitert hat, nämlich auf zwölf. Ja, richtig gelesen: zwölf Gebäude, „A bis L". Und eine Brizzzzz. Das Areal ist nun ungefähr so groß wie mein Heimatort und hat ungefähr gleich viele Einwohner. Und keine Individualtouristen mehr, nein!, Familien mit Kleinkindern. Jowui!
Alles voll von denen, plärrende, trotzige Kinder mit ihren ebenso plärrenden Eltern, die sich den ganzen Tag von Bar zu Bar und von Pool zu Pool schleppen, immer ein Bierchen in der tätowierten Hand und ein Zigaretterl zwischen den Permanent-Make-Up-Lippen. Aus den Bars dröhnt feinstes Techno, im Kuchenbuffet kommt es zu ersten Raufereien zwischen zwei

Damen mit tropfenden Bikini-Unterteilen, die ihre überwuzelten Gesäße nur mangelhaft bedecken und auf die Teller wird am Abend raufgeschaufelt, was das griechische Porzellan hält. Und stehengelassen. Damit die Fliegen auch was davon haben.
Nun bin ich hier also gelandet, in der Touristenhölle. Gefangen durch eine winzige Unachtsamkeit meinerseits, nämlich nicht extra die aktuelle Hotelbeschreibung gelesen zu haben, bevor ich meine Buchung mit einem Klick losschickte. Der Klick ins Unglück sozusagen. Weil ich ja eh schon alles kannte und eh schon alles wusste…
Fragen des Tages: soll ich Rotz und Wasser weinen und hat mein Leben noch einen Sinn?

Tag 2:
Ich renne kurz vor Sonnenaufgang über die Brizzzz, um zum Meer und zu den heiß begehrten Liegen zu kommen, bewaffnet mit meinem Badetuch, das ich sogleich auf ein gerade noch zu ergatterndes Bett werfe, um mir wenigstens heute einen Platz an der Sonne zu reservieren.
Beim Frühstück rammt mich ein Herr, der mit bloßem Oberkörper seinen Kaffffffe zu sich nimmt. Auf der Höhe seiner Leber und schräg über die Nieren bis hin zu Tiefen, in die ich in meinem ganzen Leben nicht vordringen möchte, hat er seine Heimatstadt Nürnberg mit Fachwerkbauten samt Christkindlmarkt tätowiert, seine Frau ist goldbraun von der Sonne durchgebraten und ich stehe daneben wie ein Gespenst, fast schon bläulich schimmernd in dieser unbarmherzigen griechischen Himmelsbeleuchtung. Der Herr rülpst nach getaner Essensaufnahme.
Am Strand spielen zwei Kinder mit Biergläsern aus der Bar vom „Building E“ und bauen damit Sand-Glas-Burgen. Dahinter essen die Eltern Gyros von Plastiktellern, die sie anschließend gewissenhaft mit ein paar Zigarettenstummeln im Sand vergraben. Ich habe genug für heute, gieße mir einen Ouzo hinter die Binde und schaue Deutsches Fernsehen, während die Techno-Klänge von zwei Bars in Stereo auf mein Zimmer dröhnen und ich meine Wunden lecke, denn meine noble Blässe ist am Nachmittag einem dezenten Feuerrot gewichen. Den Eigenschutz von 7 Minuten habe ich um 4 Stunden 23 Minuten überschritten, bravo Lotta!

Ruhe und Arbeit gehören zusammen wie Arsch und Eimer.
Lerne die Welt und die Menschen neu kennen.

Fragen des Tages: wie lange können eigentlich fünf Tage noch sein und löst sich verbrannte Haut als Ganzes oder eh bloß in kleinen Stückchen?

Tag 3:
Im Morgengrauen quere ich die Brizzzz, lege das Handtuch auf die Liege am Meer, remple – sicher versehentlich – eine Mieze im neon-gelben String-Tanga, als sie sich vor mir ein Bier schnappt und ich schon wieder nur den Schaum im Glas habe. Ist es nicht noch zu früh für einen Gerstensaft, schießt es mir durch den Kopf, aber dann sind bald alle Zweifel weg: die anderen trinken ja auch. Der Fachwerktyp aus Nürnberg hat um 8:30 Uhr schon sein drittes Bier und sein 6-jähriger Sohn wischt sich gerade den Schaum von seinem Mäulchen, er durfte schließlich Vaddern erfolgreich bei der Vertilgung helfen. Dann randaliert es sich gleich besser, er beginnt eine Schlammschlacht mit einem polnischen Jungen, dessen größter Gatschhaufen direkt auf meiner Liege landet. Ich werfe ihnen – sicher versehentlich - ein bemerkenswertes Stück davon zurück und erwische dabei die Pobacken einer Muddi, deren gute Zeiten auch schon länger vorbei sind. Aber was soll's, jetzt wird's eben mal richtig lustig hier. Immer in der Sonne brutzeln ist ja auch öd. Zur Belohnung, dass ich mich so tapfer gewehrt habe, gönne ich mir noch vor dem Mittagessen 3 Ouzos on the rocks, auch eher versehentlich, wollte eigentlich ein stilles Mineral…
Am Nachmittag steht ein Ausflug auf dem Programm: das Schloss von Sisi. Die österreichische Kaiserin war ja gerne auf Korfu, ließ sich hier in einer Hafenkneipe einen Anker auf die Schulter tätowieren. Für ein Fachwerkthema war sie offensichtlich zu feig, die Gute!
Am Abend sehen MEINE Schultern übrigens aus, als ob ich den ganzen Tag am Grill gehangen hätte.
Fragen des Tages: Was mache ich eigentlich hier und kann mich bitte wer erschießen?

Tag 4:
Ich sch… auf die Brizzzzzzz, schlafe mich aus, nehme am späten Vormittag einen anderen Weg zum Strand, werfe die paar fremden Handtücher von meiner angestammten Liege direttissimo hinter mir in Sand, verbuddle sie –

sicher versehentlich - zwischen den Plastiktellern und den Zigarettenstummeln und gönne mir und meinem knallroten Wamperl Gyros mit Bier zum Frühstück.
Habe dann schließlich bis zum Nachmittag genug Alk im Blut, dass ich mich vom Barhocker aus Building C kaum mehr richtig erheben kann und schwankend, den Kopf zur Techno-Musik beutelnd ins Zimmer torkele. Dort wird mal richtig ausgeschlafen, so ein Urlaub ist doch wirklich was Schönes!
Am Abend mache ich – sicher versehentlich - einen Ausflug an den Hafen. Dort gibt es viele Tattoo-Studios.
Fragen des Tages: Verändert Alkohol Psyche und Charakter und kann man Tattoos eigentlich wieder abwaschen?

Tag 5:
Ein letztes Mal über die Brizzzzzz, ich winke dem Nürnberger freundlich zum Abschied zu, gebe dem Rezeptionisten ein angemessenes Trinkgeld, obwohl er mich aufgrund meiner aktuellen Hautfarbe (saftiges Schweinsrosa mit violetten Einblutungen) nicht zu kennen scheint, gieße mir zwei Ouzos als Frühstück in meinen Suppenschlitz und zeige einem Kleinkind – sicher versehentlich - meine Pobacken. Es läuft kreischend davon. Danach remple ich sieben Leute an, damit ich als Wegzehrung noch ein paar Gyros-Futzerl ergattern kann, bevor wieder das lahme Kuchenbuffet eröffnet wird und ich steige irgendwie widerwillig in den Transferbus, der mich zum Flughafen bringt.
War doch schön hier! So ein großes Hotel, so gute Stimmung, so viel zu essen und zu trinken, so nette Leute! Ob ich nicht nächstes Jahr wieder hierherfahren sollte, schießt es mir durch den Kopf und ich bemerke, dass dies wohl die dümmste aller mir in dieser Woche gestellten Fragen war.
Ich habe jetzt übrigens den Hauptplatz meines Wohnortes rechts unter meinem hängenden Gesäß tätowiert. Dieser ist bei Bedarf anzuschauen. In Echt, mein ich natürlich…

15. **Die Vermessung der Frau**

Ich beobachte zur Abwechslung wieder mal die Natur: alles wächst und sprießt, die Vögel bauen Nester, die Katzen sind rollig, die Käfer im Garten kleben aufeinander, es wird gerammelt, was das Zeug hält und nur der Mensch sollte sich vom Menschen möglichst fernhalten, alle Teile von sich desinfizieren und sein Gesicht hinter Masken verstecken. Das ist jetzt übrigens neu dazugekommen: Eine Maskenpflicht. Man muss sie im Prinzip überall in der Öffentlichkeit tragen: beim Einkaufen, beim Arzt, beim Frisör und ja, sogar in Restaurants, wenn man sich im Raum bewegt. Sitzend kann man sie abnehmen. Da arbeitet der Virus nicht. Dann sitzt offensichtlich auch er. Neben all dem Unlogischen, was ich den nächsten Jahren noch folgen sollte, ist dies allerdings erst der Anfang.

Und es wird immer schwieriger, Menschen kennenzulernen. Hat mir zumindest eine unbemannte „Freundin" erzählt. Wenn man jetzt keinen Partner hat, ist es schwer, sich unters Volk zu mischen und sich einen aufzugabeln. Deshalb versucht sie es ab jetzt auf Dating Apps, hat sie beschlossen, diese meine Freundin… ICH war ja noch nie auf so einer App. Das muss ICH mir nicht antun. Das hab ich nicht nötig. ICH doch nicht. Also will ich von dieser Freundin berichten. (meine Nase wächst dabei komischer Weise immer mehr….)

Frau Spinada und Frau Krönlein warnen mich abermals: *„Verkaufe dich nicht um jeden Preis, denn du bist ohnehin ein wertvoller Mensch – innen wie außen. Maße sind bloß Zahlen, der Körper kann jegliche Form annehmen, die Seele aber bleibt stabil"* Aber hier geht's ja gar nicht um mich, wie gesagt. Diese Freundin möchte ja einen Partner haben, jemanden mit dem sie schöne Stunden verbringen kann, der ihr Herz erwärmt und ihren Körper zum Klingen bringt. Ich …. ähm …. also diese Freundin freut sich auf einen kultivierten Typen mit Herz, Hirn und Humor und wartet auf die ersten Herzerl, die ihr auf ihrer Dating App virtuell zufliegen:

Verkaufe dich nicht um jeden Preis, denn du bist ohnehin ein wertvoller Mensch – innen wie außen. Maße sind bloß Zahlen, der Körper kann jegliche Form annehmen, die Seele aber bleibt stabil.

Karli, Martin und Horst wollen gleich mal ein paar extra Fotos geschickt bekommen, am besten mit einer tagesaktuellen Zeitung, damit sie sicher gehen, dass die Bilder nicht von vor 20 Jahren sind, denn ansonsten würde meine Freundin „sämtliche Getränke zahlen müssen, die nötig wären, um sie schön zu saufen und damit so aussehen zu lassen wie auf den Fotos von anno dazumal“. Na wumm.

Fritz, Paul und Norbert sind auf der Suche nach „etwas Zwanglosem“ und im realen Leben seit 25 Jahren verheiratet. Die Zwanglose sollte in etwa so zwischen 35 einhalb und 43 dreiviertel Jahre alt sein.

Andreas, Michael und Toni bezeichnen sich selber als „lustig“, haben allerdings das grimmigste Gesicht fürs Foto hervorgeholt, das sie besitzen. Sie sehen aus wie Terroristen. Nach einem Tag mit intensiven Chats sind alle drei am nächsten Morgen verschwunden und haben meine Freundin blockiert. Eh noch a Glück…

Phillipp und Arno schreiben jeden Tag „guten Morgen“ und „gute Nacht“ und sonst keinen einzigen Satz. Wenn sie ganz geil und mutig sind, schicken sie ein Kaffeehäferl-Emoji zusätzlich.

Und Uwe und Robert bin ich zu groß …. ähm…. ist meine Freundin zu groß. Wie sehe das denn aus, wenn man mit einer großen Frau über den Hauptplatz marschiert? Und vom Gewicht wollen wir gar nicht reden. Die Frau, mit der sich Uwe und Robert einlassen wollen, sollte schon so zwischen 1 Meter 68 Komma 74 und 1 Meter 72 Komma 56 groß sein und wiegen darf sie nicht mehr als 57 Komma 4 Kilo – aber ohne Hose und Push-up.

Stefan wiederum scheint ein Philosoph zu sein: Welche Körbchengröße hast du?“ und Bernhard setzt noch eines drauf: „hast du große Schamlippen?“ Das ist die erste Frage, die er stellt. Der dürfte medizinisch sehr interessiert sein. Möglicherweise ein Doktor.

Meine Freundin hält ihn sich zur Sicherheit warm, ist aber etwas verunsichert und beginnt mit der Vermessung ihres Körpers: 90-60-90 kriegt sie nirgends zusammen, das Bäuchlein, das sie selber gern mit Schoko und Wein verwöhnt, hängt über das Hoserl, das rechte Knie steht in einem 43 Grad Winkel nach innen, der rechte Fuß ist dünner als der linke, die Fledermausarme wackeln 32 Grad bei heftiger Bewegung von innen nach außen, die Krähenfüße, von denen es 4 um jedes Auge gibt, sind bereits 1 Komma 63 cm lang, das zweite Kinn schaut 2 Komma 3 Millimeter über das Ursprungskinn und am Po gibt es 9 Komma 5 Dellen. Na, die schaut aus, diese meine Freundin! Die kriegt wohl nie mehr einen!

Gott sei Dank tu ICH mir das nicht an, ich steh nämlich auf „body positivity" und Männer mit Tiefgang.

16. Bin ich jetzt weg vom Fenster?

Mir fällt auf, dass sich Frau Corona-Krönlein in letzter Zeit wieder ziemlich aufbläht und schon wieder sehr dominant das Weltgeschehen kommentiert und offensichtlich auch beeinflussen möchte. Ob das passieren wird, was wir alle schon ahnen und fürchten? Der nächste Lockdown steht wohl vor der Tür, weshalb man die Zeit bis dahin gut nutzen sollte, um noch ein paar Vergnügungen nachzugehen. Zu diesem Behufe erhebe ich mich gerne von meiner Couch und fasse einen Ausflug in die Großstadt mit meinem Töchterchen ins Auge.

Die Strichmännchen Damen haben wie immer was dazu zu sagen, vor allem die Corona-Krönlein muss sich hervortun: *„Bleibe flexibel und doch klar. Analysiere, filtere. Das gute Neue behalte, das Schlechte lass weiterziehen."* Eigentlich ein Hohn, wenn man bedenkt, dass bald die nächste Corona-Welle folgen würde. Doch noch kann ich ihre Worte nicht einordnen und bereite mich freudig-erregt auf die Reise vor.

Ein Mutter-Tochter-Ausflug in die Stadt gestaltete sich noch vor ein paar Jahren in etwa so: das Mütterlein, in dem Fall ich, sorgte sich um das passende Fortbewegungsmittel, erkundigte sich vorher ums Weiterkommen in der Metropole, machte sich schlau über Haltestellen, Distanzen, Fahr- und Eintrittskarten, plante den idealen Zeitpunkt und Ort für die Nahrungsaufnahme und sorgte fürs Unterhaltungsprogramm. Das Töchterchen tat nichts außer staunen und genießen.

Was in der Zwischenzeit geschah? Ich weiß es nicht. Denn nicht nur mein Jüngster ist mir mittlerweile über den Kopf gewachsen, sondern offensichtlich auch der Zeitgeist, der Fortschritt, die Gesellschaft und überhaupt das ganze moderne Leben samt meiner Tochter. Dies wurde mir bei diesem Trip in unsere Landeshauptstadt wieder mal so richtig gezeigt, wobei noch zu klären wäre, ob ICH der unflexible Depp bei dieser Geschichte bin oder die Welt irgendwie immer vertrottelter wird.

Bleibe flexibel und doch klar. Analysiere, filtere.
Das gute Neue behalte, das Schlechte lass weiterziehen.

Meine Tochter startet unseren Boliden in den frühen Morgenstunden, lässt mich am Beifahrersitz gemütlich Platz nehmen und chauffiert mich zielsicher in die steirische Landeshauptstadt. Das Navi nimmt sie zwar zu Hilfe, schaltet jedoch den Ton aus, da sie die Musik von ihrer Playlist hören will, die im Auto wie von Zauberhand mit dem Handy gekoppelt wird, wenn man sich dem Vehikel auch nur auf ein paar Metern nähert. Sie singt lautstark mit und kurvt herum wie eine Große. Bald sind wir angekommen, sofort ist ein Parkplatz gefunden, meine Hilfe, die sich darin gestaltet, dass ich den Straßennamen samt fahrbarem Untersatz fotografiere, lehnt sie ab, denn ihr Mobiltelefon würde ihr ohnehin mitteilen, wo das Auto steht. Ähm... ok. Nehme ich mal so zur Kenntnis, fotografiere dennoch heimlich das Schild des alten Wirtshauses, vor dem sie geparkt hat, was uns ohnehin nicht weiterhelfen würde, da diese Winde seit Jahren unbewirtschaftet ist und auf keiner „Map" mehr aufscheint, aber dies sei nur nebenbei erwähnt. Wir beschließen, öffentlich weiterzufahren.

Meine Tochter lotst mich zielsicher zur Straßenbahn und während ich noch auf dem bitterkalten Metallbankerl in der Haltestelle meine Hämorriden aufgeile und das akribisch abgezählte Bargeld parat halte, das für die Fahrscheine nötig sein würde, bedient sie schon behände den Automaten in der Bahn. Ich suche vergebens nach einem Schlitz fürs Papiergeld und werde sogleich 4 Meter zurückgeschleudert, als die Straßenbahn akkurat in diesem Moment losfährt und ich ja bekanntlich wenig bis gar kein Gleichgewicht halten kann. Ich entschuldige mich bei dem jungen Herrn, auf dessen Schoß ich zu sitzen komme, richte MEIN Krönlein und meine Maske und nehme erneut Anlauf zum Fahrscheinautomat. Dort hat mein Töchterchen inzwischen in Windeseile mit ihrer Bankomatkarte die Tickets gekauft, und sie schiebt mich auf den nächsten freien Viererplatz. Erneut stolpere ich zum Fenster hin, da der Boden vor den Sitzen nicht etwa gerade ist, sondern hoch hinauf ansteigt. WTF! Warum nur? Warum baut man solche Stolpersteine in diese Wägen, wo ich mit angewinkelten Beinen zu sitzen komme und die Knie mir fast bis ins Gesicht reichen? Ich rege mich bald wieder ab, möchte ich doch schließlich auch die Fahrt ein bisschen genießen und Gegend schauen. Aber nichts da: man hat die Scheiben mit Punkten, gaaaaanz kleinen blöden Punkten verklebt. Was draußen los ist, kann man nur schemenhaft erkennen, von außen allerdings ergeben diese Punkte eine prima Werbefläche. Das ist wichtig. Und Fensterschauen tut heutzutage sowieso keiner mehr, man hat ja ein Handy.

Nachdem ich also nichts von dem mitbekomme, was außerhalb der Bahn passiert, möchte ich mich wenigstens an den Haltestellen-Informationstafeln etwas orientieren, schaffe aber auch das nicht, da diese in dermaßen kleinen Futzelbuchstaben geschrieben sind, dass ich mich direkt davorstellen und weit hinaufstrecken müsste, um etwas zu sehen. Und das würde ja bekanntlich wieder dazu führen, dass ich eventuell durch den Raum geschleudert werde… Himmel Herrschaft!

Wir besichtigen ein paar Socialmedia-Hotspots, meine Tochter versendet 23 Schnapp-Bilder, wo sie nicht etwa die Sehenswürdigkeit hinter sich fotografiert, sondern ihr eigenes Gesicht von allen Seiten und Richtungen. Währenddessen erkundigt sie sich immer wieder nach meinem Befinden, bietet mir ein Taschentuch an, wenn ich niese, trägt die schwere Wasserflasche und lotst mich letztendlich in eine hippe Lokalität, in der wir von einer in Englisch gehaltener Tafel aufgefordert werden, zu warten, bis wir zum Tisch geführt werden. Man erlaubt uns eine Stunde 16 Minuten im Restaurant zu bleiben, danach sei alles reserviert. Uff, welch ein Glück. Der Raum ist dunkel und kalt, die Stühle ungemütlich, über der Bar steht groß „shit happens", von der Speisekarte versteht man wenig bis gar nichts (selbst wenn man mehrerer Fremdsprachen mächtig ist), das Essbesteck schmeckt nach Eisen, die Servietten sehen aus wie aus dem zweiten Weltkrieg und das Lokal ist bummvoll mit Hipstern und Bobos. Und deren hippen Bobo-Kindern. Sie sitzen gelangweilt bei ihren organic scrambled eggs und shakshukas und wünschen sich ein kleines Bröserl mehr pur pur bread, weil das Zeug – was immer das auch sein mag – sehr scharf ist. Aber Hauptsache hip. … „Shit happens", wie recht sie doch haben!

Wo sind die Lokale, wo man von einem Germknödel eine ganze Woche satt war? Wo gibt es noch die grünen Apfelzuckerl, von denen man eine weitere

Woche einen blutenden Gaumen hatte? Wo sind die Geschäfte mit den Wühltischen, in denen man kopfüber auf Schnäppchenjagd gehen konnte? Warum tragen alle Sonnenbrillen, wenn gar keine Sonne scheint, warum gehen sie mit ihrem Kaffee in der Hand (und unglaublich viel Verpackungsmüll) spazieren? Und warum klingelt und piepst es immerzu und überall? Warum geben die alle nicht mal eine Ruhe und setzen sich auf Bankerl und beobachten die Schwäne?

Ich rülpse die Luft meines hippen Essens in meine Maske und während ich überlege, ob mir jetzt auch noch speiübel wird, wird mir klar: ich bin unflexibel, alt und eingefahren.

Oder haben die anderen den Klopfer? Und ist die Welt echt komplett vertrottelt?

Meine Tochter spürt meine Verzweiflung. Und nachdem sie sich von ihrem Lachflash wieder erholt hat, weil auch sie mich für unflexibel, alt und eingefahren hält, spendiert sie mir ein „Dreh und Trink“ und lotst mich zielsicher zum Auto, in das ich zufrieden einsteige und verklärt an diesen schönen Tag zurückdenke, während ich an der Kirsch-Limo in der Plastikflasche nuckle.

17. An ihren Haaren wirst du sie erkennen

Die Corona Krise hält uns alle fest im Griff, immer wieder gibt es neue Erkenntnisse und Maßnahmen. Man muss sich testen und hierzu zuerst mal in die Nase bohren lassen, später dann gurgeln und in ein Röhrchen spucken und viele hoffen auf eine Impfung, die den Spu(c)k beenden soll. Die Leute trennen sich in mehrere Lager, jeder hat so seine eigenen, teils abstrusen Theorien und dazwischen schaut ein jeder, wie er am besten seinen Alltag bestreitet, durch irgendeine Gesetzeslücke flutscht oder – Gott bewahre! – nicht den Virus am End' noch selber bekommt.

Der Friseur ist wieder mal geöffnet, man erlaubt dort einen Besuch mit Maske, weshalb ich beschließe, ehebaldigst dorthin zu gehen. Alles, was Styling, Outfit und Erscheinungsbild betrifft, lockt meine Frau Spinada hinter dem Ofen hervor und deshalb trumpft sie auch gleich gehörig auf: *„Die Haare schützen und zieren dein Köpfchen. Was dort drinnen ist, kann dir niemand nehmen. Lass dich nicht verwirren und zerstreuen. Unter manchem krausen Deckel sitzt ein blöder Kopf … ähm … Topf.“* Na, die redet heute einen Schwachsinn zusammen, denk ich mir noch und mache mich auf Richtung Friseursalon.

Sie sollte allerdings nicht die einzige bleiben, unter deren Haartracht Blödsinn raussprudelt…

Mein Friseurbesuch ist auf jeden Fall dringend nötig, die Borsten lichten sich bereits an allen Enden, der Einstein sieht cooler aus als ich – also: tempus fugit und rein in den Laden, Maske rauf, Hände desinfiziert und schon sitze ich auf dem Stuhl. Rundherum alles kleine Tiegel auf polierten und gut beleuchteten Glasboards an den Wänden. Die Titel sind vielversprechend, weil Englisch: „Maintenance conditioner“ zum Beispiel. Bei näherer deutscher Betrachtung („Wartungs-Weichspüler“) eher beunruhigend. Bin ich eine Maschine und gar kein Mensch? Bedarf es wirklich einer Wartung?

Links von mir sitzt ein Mann, rechts eine Frau. Der Mann, natürlich ebenfalls mit Maske, hat sein ehrenwertes Haupt mit einer grünen Paste überzogen, die ihm weit in die Stirn und über die Ohren geschmiert wurde. Er schaut so jämmerlich drein, so erbärmlich hab ich noch nie ein Mannsbild dreinschauen gesehen. In keiner Extremsituation: weder in einem Krankenhaus, noch auf einem Begräbnis oder unter einem Wirtshaustisch. Das personifizierte Elend sitzt hier und ich denke an meine Oma selig, die immer schon sagte „Hoffart muss leiden und aus dem Spiegel schaut der Teifl raus". Nun ist es also soweit.

Ich erhasche ein paar Wortfetzen, die er mit seiner Friseurin wechselt. Corona sei hausgemacht, ein böser Amerikaner habe es in die Welt gesetzt, man wolle das System herunterfahren, die Mittelschicht entmachten, die Menschen hörig machen und die Armen alle sterben lassen. Und bei der bevorstehenden Impfpflicht wird einem ein Chip initiiert, mit dem „die da" weiß Gott was anstellen würden können.

Ich bin mir nicht sicher, ob's bei dem Herrn nicht unter der grünen Paste auf seiner Stirn sogar ein paar Mal „Pieps" gemacht hat, ein Geräusch kam auf jeden Fall aus ihm raus.

Jetzt werde ICH in die Mangel genommen, man wäscht mir die Haare, das Wasser und ein bisschen vom englischen Wartungs-Weichspüler tropft mir über die Stirn; die zuhause akribisch aufgetragene Anti-Falten-Creme rinnt mir in die Augen, was dieselben blitzschnell brennen und sich entzünden lässt. Und als ich mich wieder im Spiegel sehe, habe ich rote, verquollene Bindehäute und Luft krieg ich unter der Maske jetzt irgendwie auch nimmer, weil die Friseurin so enthusiastisch meine Spitzen schneidet, dass mir dieselben auf der Seite wieder zurück in die Maske fliegen und ich nur mehr keuchend spucke und grünlich anlaufe.

Und die Frau zu meiner rechten? Was soll ich euch sagen? Hat Alufolie, akkurat in kleinen quadratischen Briefchen geordnet, auf ihrem Kopf, dazwischen auch grüne Paste. Eine Spur dunkler wie der Herr vielleicht. Aber auch grün. Sie liest ein Magazin und schüttelt mit jedem Umblättern ihr Aluhut-Köpfchen.

Die Haare schützen und zieren dein Köpfchen.
Was dort drinnen ist, kann dir niemand nehmen.
Unter manchem krausen Deckel
sitzt ein blöder Kopf … ähm … Topf

Ein Blödsinn sei das alles, was da in der Zeitung steht, alles Lug und Trug, die Statistiken völlig verfälscht. Keine Grippetoten gebe es mehr, wo sind denn die alle hingekommen? Und jeder Verkehrsunfall wird als „‚mit' oder ‚an' Corona verstorben" bezeichnet. Was dies alles für ein Unfug sei. Seit Monaten halte sie keinen Abstand, der Elefant sei ihr Blunzn und was sei passiert? Nixi. Rein gor nixi. Also was sollen dann die ganzen Lügengeschichten?

„Pieps. Pieps", macht es bei der Dame. Könnte die Trockenhaube gewesen sein. Hätte sie bloß eine aufgehabt….

Na Bumm. Was waren das noch für Zeiten, als man beim Friseur Themen behandelte wie: wann kommt mal wieder die Sonne oder wo Haare überall nicht mehr wachsen dürfen, wo der nächste Urlaub hingeht und ob sich die Kellnerin vom Café nebenan nach ihrer letzten Schicht schon wieder hat flachlegen lassen. Diese Bitch.

Und wo sind die guten alten Zeiten, wo Mann noch viereinhalb Minuten für einen Haarschnitt brauchte und Frau sich mit einem Minipli zufriedenstellen ließ?

Ich bekomme Angst. Große Angst. Nicht vor Corona, nicht vor den Illuminati, sondern vor meinen Sitznachbarn und vor dem Blick in den Spiegel, wo mir meine eigene Verwandlung langsam sehr zusetzt. Ich verlasse so schnell es geht mit einem unüberhörbaren Piiiiiieps aus meinem Hinterteil das Etablissement und steige ins nächste Raumschiff ….ähm … Taxi, das frei wird. Bis dann, meine lieben Freunde. Ich komme euch alle holen. PIEPS.

18. Mein persönlicher Lockdown

Nicht nur rund herum scheint die Welt aus den Fugen geraten zu sein, auch in mir und meinem kleinen Universum bleibt in diesen Tagen kein Stein auf dem anderen. Die moderne Welt scheint zusammenzubrechen, bei mir fängt es schleichend und von der materiellen Seite her an: mit Geräten und einigen anderen Dingen im Haus.

Frau Corona-Krönleins Kommentar dazu? *„Maschinen versagen, aber du bist nicht alleine. Lass dich vom Fluch der modernen Zeit nicht ins Bockshorn jagen, es sind die Menschen, die mit dir in Verbindung stehen."* Aso.

Anfangen tut es wie immer ganz harmlos: Mein Handy ist kaputt. Es raucht. Also nicht direkt rauchen tut es, aber es wird binnen Sekunden so dermaßen heiß, dass ich es als Wärmflasche für alle möglichen Körperteile verwende. Wo das schon überall war! Frage nicht.

Es weiß auch zu viel. Also ist es an Zeit abzudanken und für das Neue Platz zu machen. Gekauft ist das Neue ja schnell, sämtliche Versicherungen und Schutzhüllen werden von mir wie immer kategorisch abgelehnt, und mithilfe meiner Kinder ist mein Handy auch bald wieder aktiviert, sprich mit kleinsten Nähnadeln, oder was immer das auch für ein Zeug ist, geöffnet und die SIM-Karte getauscht.

Aber meine alten Apps bekomme ich nur in geschrumpfter Form, sprich alte Konversationen und Bilder sind dahin, auf WotSepp werde ich wie von Zauberhand frisch in irgendwelche veralteten Gruppen hinzugefügt und ich habe plötzlich wieder Leute unter meinen Kontakten, die ich mit 103%iger Sicherheit gelöscht hatte. Weil ich sie nicht mag. Aber das Netz vergisst nichts. Und alles ist mit allem verbunden und verknüpft und big brother is watching me. Ich weiß.

Und dann kam noch die Waschmaschine. Die nächste Kandidatin. Sie schleudert mit 120 Dezibel, was die Nachbarn am anderen Ende der Siedlung in den Luftschutzkeller laufen lässt, da sie den Bombenangriff eines Überschallflugzeuges vermuten, wenn ich meine Schmutzwäsche wasche. Außerdem zieht sie vornehmlich auf den weißen Höschen braune Bremsstreifen. Frage nicht, wie wir danach alle aus der Wäsche gucken…

Maschinen versagen, aber du bist nicht alleine.
Lass dich vom Fluch der modernen Zeit nicht ins Bockshorn jagen, es sind die Menschen, die mit dir in Verbindung stehen.

Ach ja, und beim Auto gibt es auf einmal einen kleinen Parkschaden, nur ganz minimal, ich krieg halt kein Pickerl mehr, der Blechhaufen rostet mir unter der Hand davon und die offizielle Reparatur kostet zwei monatliche Durchschnittseinkommen. Die Versicherung zahlt natürlich nichts.
Und der Geschirrspüler, hab ich eigentlich den Geschirrspüler erwähnt? Der wäscht das Geschirr kalkweiß. Ein Weiß, das ich in der Waschmaschine schmerzlich vermisse. Auf den Gläsern will ich es allerdings nicht, die sehen aus wie durch den A…. gezogen.
Und dann wird auch noch unser zuckersüßes Kätzchen totgefahren. Wir sind untröstlich.
Und mein Radl ist kaputt, der TV-Kabelanschluss im oberen Schlafzimmer funktioniert nicht mehr, meine Matratze ist durchgeritten, der Fotoapparat lässt sich nicht mehr einschalten, die Jalousie im Bad ist im Eimer, das Licht im Vorraum unbrauchbar, der Wasserhahn tropft und beim persönlichen Massagestab sind die Batterien durchgebrannt. Falls das wen interessiert.
Ich bin also etwas unentspannt.
Und im Prinzip handlungsunfähig. MEIN PERSÖNLICHER LOCKDOWN.
Ich überlege hin und her, studiere Online-Videos mit Reparatur-Anleitungen, treibe mich in Baumärkten und Elektrohandlungen umher, fahre mit Klein-LKWs und esse zur Entspannung halt ein bisschen mehr Schoko als sonst.
Aber das Wichtigste an dem ganzen Schlamassel: ich habe Freunde, die mir in meinem Elend helfen. Freunde, die da sind, wenn wir die Katze zu Grabe tragen, Freunde, die da sind, als ich mit Zornestränen schon am Dübel-Reinschlagen scheitere, Freunde, die das Auto mir nix dir nix pickerltauglich machen und Freunde, die mich mit köstlichen Einladungen und amüsanten Kurzreisen immer wieder bei Laune hielten. Ich danke euch.
Es geht nicht alleine. Es geht nicht gegeneinander. Es geht immer nur MITEINANDER. bei JEDEM Lockdown.

19. A… frisst Hose

Der zweite Lockdown mit seiner Ausgangssperre scheint überstanden zu sein, geht jedoch beinahe fließend in den dritten über – einzig und allein mit der Hoffnung, dass man bald eine Impfung finden würde. Ich nutze die Zeit, um ein paar Erledigungen in den wieder geöffneten Geschäften zu machen und freue mich schon auf eine ausgedehnte Freitagsrunde im Dunstkreis des Hauptplatzes.

Frau Spinada wirft einen skeptischen Blick auf mein Outfit, fragt, ob es mir nicht ein bisschen zu eng geworden sei, lässt mich dann aber ziehen mit den Worten: *„Mutter Erde schenkt uns viel. Schöpfe aus ihrem reichen Schatz, genieße die Früchte und Leckereien, gib dich dem Genuss hin ohne schlechtes Gewissen."* Das motiviert mich und lässt mich meine Schmankerl-Shopping-Tour völlig entspannt nach einem reichlichen Frühstück beginnen, Das U-Hoserl zwickt etwas, wenn ich etwas schneller gehe, doch dafür habe ich jetzt keinen Kopf, denn ich bin ja auf Nahrungssuche. Vorm Fischhändler steht man schon am Gehsteig an, die Schlange reicht bereits weit nach hinten. Als ich endlich dran bin, erklärt mir die nette Verkäuferin, dass die Fischerl heute nicht besonders groß sind, weshalb ich gleich vier mehr mitnehme, der regionale Betrieb soll ja unterstützt werden und braucht auch selber was zu essen, nicht wahr?

Wieder zurück über den Hauptplatz – A… frisst mittlerweile besagte U-Hose – kann ich dem Bauernmarkt nicht widerstehen und decke mich dort mit Honig, Würsten und Riesenschaumrollen ein. Ich tratsche ein bisschen mit der Verkäuferin und weil sie echt nett ist und sich mein Blutzuckerspiegel schon wieder im Sinkflug befindet, sage ich ihr, sie solle doch noch drei Röllchen drauflegen. Die Bauern müssen ja auch was essen und von was leben, gell?

Mutter Erde schenkt uns viel.
Schöpfe aus ihrem reichen Schatz, genieße die Früchte und Leckereien, gib dich dem Genuss hin ohne schlechtes Gewissen.

Meine sich am Körper befindlichen Röllchen wachsen offensichtlich direkt proportional zu diesem Augenschmaus und das U-Höschen zwickt jetzt schon richtig penetrant. Einen kleinen Abstecher mach ich aber noch ins Einkaufszentrum, da hat heute ein Weinhändler seinen Laden aufgestellt, was für ein Zufall! Und Rotwein soll ja gesund sein. Und überhaupt muss man ja vorsorgen, es könnte wieder ein harter Lockdown drohen, dann muss ich wieder über WotSepp ein gepflegtes Flascherl … ähm… Glaserl mit meinen Freunden trinken. Da kann es nicht schaden – einzig fürs psychische Gleichgewicht – einen guten Tropfen auf Vorrat im Keller zu haben. Und der Weinhändler soll's auch gut haben, Ihr wisst ja….

Die Tasche ist unendlich schwer und die U-Hose droht bereits zu zerbersten, aber ich halte tapfer durch. Nur noch ein kleines Leckerli beim regionalen Schokohändler, ein bisserl schauen, ob es schon wieder die Marzipan-Weihnachts-Edition gibt. Ja, es gibt sie, was für eine Freude! „Geben's mir noch so fünf, sechs Riegerl!“, flüstere ich der netten Dame durch meine Maske über die Budl zu und breche vor lauter Einkaufslast schon fast zusammen. Aber da muss ich jetzt durch, der regionale Schokohändler muss ja auch … richtig! … was essen und von was leben!

Erschöpft erreiche ich mein Fahrrad und akkurat in jenem Moment, wo ich meine lahmen Beinchen über die Stange zu schwingen versuche, macht es einen Kracher und mein Hoserl reißt am Allerwertesten.

Die Vernunft sagt mir: meine nächste freitägliche Shopping-Tour sollte nicht mehr zu den lukullischen Genüssen führen, sondern in ein Unterwäsche-Geschäft, in ein regionales. Denn mein Hinterteil muss offensichtlich auch immer was (fr)essen.

20. **Weiber!**

Meinen Strichmännchen-Damen geht es nun gut, sie fühlen sich beide offensichtlich wieder pudelwohl. Die Corona-Krönlein ist nicht mehr so aufgebläht und die Spinada widmet sich auch schon wieder ihrem und meinem äußeren Erscheinungsbild. Sie hüpfen in alter Frische auf meinem Fauteuil herum und scheinen Hummeln im Po zu haben, was sich natürlich auch auf mich überträgt.

Es wird Zeit, was zu unternehmen. Reisen zum Beispiel. Und sich wieder zurück ins soziale Leben zu begeben. Aber da brauch ich nicht lange darüber nachzudenken, schon zaubert Frau Krönlein eine Weisheit aus ihrem nicht vorhandenen Nähkästchen: *„Unterschätze nie die Kraft von sozialen Gruppen. Dort entstehen Energien, von denen man lange zehren kann."*

Ich nutze die Muse und organisiere eine Reise. Eine Weiber-Reise, um genau zu sein. Sieben prächtige Frauen machen einen Tagesausflug an einen schönen Ort. Und ich bin vorn dabei.

Zuerst wird nach einem passenden Datum gesucht. Per WotSepp-Aussendung. Zurück kommen drei Avatar-Sticker, die irgendwelche Handzeichen geben, vier Smileys und ein paar Sätze, aus denen hervorgeht, dass sich die Terminsuche länger gestalten wird als angenommen: zwei haben in den nächsten sieben Wochen gar keinen Tag mehr frei, drei können nur an ungeraden Ferientagen, eine fährt bei Vollmond sowieso nirgends hin und einer ist es wurscht. Die hat keine Termine und immer Zeit. Die ist langweilig. Das bin ich.

Unterschätze nie die Kraft von sozialen Gruppen. Dort entstehen Energien, von denen man lange zehren kann.

Schon zwei Monate, 3.456 WotSepp-Nachrichten und 7 graue Haare später lässt sich ein gemeinsamer Termin fixieren, welch helle Freude! Auch das Ziel ist bald klar: die Bundeshauptstadt soll es werden. Wir reisen mit der Bahn. Vier fahren mit dem Auto zum Bahnhof, eine weiß nicht, wie sie hinkommen soll, eine regt sich über das Wort „Weiber“ auf und eine steigt woanders zu, weswegen die sechs Verbliebenen einen Umsteiger-Bimmel-Zug nehmen müssen. Eine kümmert sich um die Tickets, scrollt und wischt tagelang in der ÖBB App herum, um den günstigsten Tarif zu bekommen und spricht persönlich am Bahnhof vor. Das bin ich. Drei helfen mit beim Scrollen und Wischen, eine hat auf einmal kein Internet und keine Zeit mehr, die anderen sagen zu allem „ja“ und „Amen“. Das gefällt mir.

Als die Reise in den frühen Morgenstunden losgeht, haben zwei Kopfschmerzen, zwei bibbern vor Kälte und ziehen sich dicke Mützen und Handschuhe über, eine braucht unbedingt einen Kaffee, die andere eine Zigarette, wieder eine telefoniert unentwegt mit ihren zurückgelassenen Kindern und eine stakst spastisch und mit Kreuzschmerzen die Stiegen hinauf und hinunter und verflucht ihren Zustand. Das bin ich.

Im Zug machen wir es uns gemütlich, wir fahren schließlich gute 2 Stunden. Eine stänkert über die reservierten Sitzplätze, einer bläst die Klimaanlage auf die Stirnhöhlen, zwei haben für ihre äußerst kreativen Taschenmodelle keinen geeigneten Sitzplatz, eine steckt sich Ohrstöpsel rein, damit sie den Gesprächen nicht folgen muss und eine hat schon nach einer Stunde Hunger und packt ihre Riesenjause aus. Das bin wieder einmal ich.

Eine lacht so laut, dass man es im Speisewagen noch hört, eine hat in jedem Tunnel eine Hitzewallung und tut dies lautstark kund, eine kotzt fast bei jeder Kurve, weil sie am Vortag zu tief ins Glas geguckt hat und zwei suchen das bestgepflegte WC des Zuges. Einer steigt ein Kind auf den rechten Fuß und eine ist gereizt. Das bin auch ich.

In Wien angekommen watscheln die 7 Landeier zur U-Bahn, kaufen sich brav und ohne viel Aufhebens ein Ticket und finden prompt den richtigen

Ausgang nicht. Ein Illusionsmuseum ist geplant, stehen tuen die Pomeranzen aber schließlich vorm Bundeskanzleramt, weil sie machen, was eine gesagt hat. Das war ich. Zwei andere meinen, man müsse sich mehr rechts orientieren, zwei haben das Navi an, welches aber nicht synchron mit der Bewegung lädt, sondern uns immer im Kreis schickt, eine hat noch immer Kopfschmerzen, eine telefoniert wieder mal mit ihren Kindern und eine raucht noch schnell. Wie der Bundeskanzler.

Schließlich finden wir unser Objekt der Begierde, während zweien wieder bitterkalt ist, einer die Finger fast abfrieren, noch eine weitere Kreuzweh kriegt und zwei ein Häusl brauchen. Eine davon bin ich. Das gibt's jetzt aber nicht, sondern eine lange Corona-Schlange, in der man nur zizerlweis vorrücken darf. Wir haben Glück und dürfen zu siebt ins Mini-Museum, wo man lustige Fotos mit optischen Täuschungen machen kann:

Zweien wird der Kopf abgerissen, drei fallen einem plötzlichen Zwergenwuchs anheim, eine pudelt sich auf, weil sie von Unbekannten fotografiert wird, dreien wird in einem geometrischen Mustertunnel schwindelig und eine muss mitten in einer Röhre umkehren, durch die die anderen unbeschwert und kichernd laufen, weil sie einer Ohnmacht nahe ist. Die bin ich.
Danach geht's weiter zum Mittagessen. Die Reservierung im japanischen Restaurant hat nicht geklappt, es werden dennoch ein paar Gäste verscheucht und für uns ein Riesentisch freigemacht. Zwei können mit Stäbchen essen, drei verlangen ein Essbesteck, zwei sind froh, dass die drei eines bekommen haben und schließen sich hungrig an. Drei essen einen Krautsalat und haben anschließend Blähungen, derer sie sich im Lärm der Großstadt aber ohne viel Aufhebens entledigen können. Zwei haben eine Laktoseallergie, drei essen keine Kohlenhydrate, eine hat eine Histamin-Unverträglichkeit und zwei davon führen ein unappetitliches Tischgespräch und werden gerügt. Eine davon bin ich.

Anschließend steht noch ein Praterbesuch auf dem Programm. Bevor wir aber dort ankommen, kaufen sich drei eine Windbäckerei, eine verschwindet in einem Kleidergeschäft, eine braucht Kaffee und ward lange nicht mehr gesehen und zwei streiten sich beim Fotografieren, weil der Stephansdom schief ist. Im Prater verschwinden drei im Wachsfigurenkabinett mit George Clooney, Hans Moser und Udo Jürgens, zwei flirten mit Hans Krankl und Richard Lugner und die restlichen zwei setzen sich in ein Kaffeehaus und essen Wiener Leckereien. Ich bin keine davon. Ich züchte weiter mein Kreuzleiden, bin unrund, nasche meine Windbäckerei und lege mich bei Sigmund Freud auf die Couch. Er ist ein guter Zuhörer und sehr verschwiegen.

Zurück geht es hurtig in die Steiermark, nachdem wir ein Abschlussfoto gemacht haben. Sechs lachen lieb, eine hat die Zunge weit heraussen. Ratet, wer!

Im Zug langweilen sich zwei fast zu Tode, eine hat wieder ihre Ohrstöpsel drinnen, eine redet wie aufgezogen, eine hat ihre Hitzewallungen und eine verbringt sehr viel Zeit auf einer Dating App, weil die Männer da heute viel schöner sind als bei uns zuhause, nachdem das Handy erkennt, dass sie sich an einem anderen Ort befindet.

Als wir in unserem Heimatort ankommen, haben wir insgesamt 735 Fotos gemacht, 3 Millionen Wörter gesprochen, 453 mal gelacht, 23 Anekdoten erzählt, 5 schwere Krankheiten durchlebt, uns auf unsere Lieben zuhause gefreut und vier Riesenmahlzeiten gegessen. Ich zumindest.

Welch unglaubliche Kraft doch in so Weibern steckt! Und ich bin eine davon.

21. Dessous

Kaum von meiner Reise zurück, geht die Gaudi mit den Strichmännchen-Damen weiter. Mir scheint, die waren ein bisschen eifersüchtig auf meine Weiber-Reise. Da wären sie gerne dabei gewesen. Aber überall hin nehm' ich die beiden wirklich nicht, das wäre ja nimmer normal...
Sie legen aber nach, denn offensichtlich gefällt Frau Spinada noch immer nicht, wie ich in der Öffentlichkeit auftrete. Die kann aber auch nerven!
„Lotta, sei immer für alles bereit. Hege und pflege dich, schmücke dich und hülle dich in feinsten Stoff. Zu jeder Stund' kann es geschehen, dass deine Zeit gekommen ist und du einen Auf- oder Abtritt hast." Dass ich nicht lache! „Einen Auf- oder Abtritt", sagt sie. Jetzt bläst sie schon ins selbe Horn wie dereinst mein Mütterlein.
Das prägte mir auch immer aufs Schärfste ein: „zieh immer eine frische und schöne Unterwäsche an, denn wenn du einen Unfall hast, sehen die Rettungsmänner, wie du beieinander bist und dann kannst dich schämen." Dieser Gedanke hat sich dermaßen in mir festgebohrt, dass ich ständig auf der Hut bin, wie ich „drunter beieinander" bin. Dass diese „Rettungsmänner", die im Übrigen auch Frauen sein können, in der Situation wahrscheinlich was anderes zu tun haben würden als sich über meine Unterwäsche Gedanken zu machen und dass das Blödere an einem Unfall vielleicht der Unfall selbst samt seinen Schäden sein könnte, behirnte ich wenig bis nie.
So geschieht es nach wie vor, dass ich, wenn ich etwas Gefährliches vorhabe – Fensterputzen etwa – zuvor ein Ganzkörperpeeling mache, duschen und Haare waschen gehe und selbstverständlich meine schönste Wäsch' aus dem Kasten klaube, um dann erst Stunden später schon völlig erschöpft mit dem eigentlichen Vorhaben zu beginnen. Ich könnte ja von der Leiter fallen.
Auch traue ich mich kaum das Altpapier wegzutragen, ohne nicht vorher einen Blick in meine Unterhose geworfen zu haben. Gar nicht auszudenken, wenn ich umknöcheln würde und mir ein Nachbar die Rettung ruft, die mich dann an Ort und Stelle auszieht, um den Knöchel zu untersuchen und die ganze Siedlung samt Rettungsleute meine schlampigen Dessous sieht.

Sei immer für alles bereit. Hege und pflege dich, schmücke dich und hülle dich in feinsten Stoff. Zu jeder Stund' kann es geschehen, dass deine Zeit gekommen ist und du einen Auf- oder Abtritt hast."

Ein bisschen blöd an der Sache ist auch der Umkehrschluss, nämlich, dass ich jedes Mal, wenn ich dann eine perfekte Unterwäsche trage, denke: „Jetzt kann ich beruhigt einen Unfall haben.“

Das Ganze schraubte sich eines Nachts so richtig hoch, als ich bei gekipptem Erdgeschoßfenster Geräusche hörte, die ich eindeutig als Einbruchsversuch definierte. Im ersten schlaftrunkenen Impuls hüpfte ich aus dem Bett und drückte mit einem lauten Krach das Fenster zu, damit die Verbrecherbande wüsste, dass jemand zuhause ist. Als das Geräusch aber immer nur noch lauter wurde und ich zusehen musste, wie das Fliegengitter langsam zerrissen wurde, dachte ich nach dem ersten Beinahe-Herzstillstand nicht etwa daran, dass ich jetzt die Polizei rufen, mich und meine Kinder in Sicherheit bringen oder mich mit Nudelwalker bewaffnen könnte – NEIN! – mein erster Gedanke war: trage ich eine Unterhose und wenn ja, in welchem Zustand befindet sich diese? Und wo ist mein BH? Die Verbrecherbande würde meine der Schwerkraft immer mehr zugeneigte Busitur sehen, vom Unterg‘stell ganz zu schweigen. Die ganze Wahrheit würde ans Licht kommen! Ich brauche eine ordentliche Unterwäsche. Das ist wichtig. Vor allem bei Verbrecherbanden. Das weiß jedes Kind.

Während ich im Dunkeln also meine sieben Sachen zusammensuchte und noch nachdachte, ob der feierliche Rüschen-BH in dieser Situation angebracht ist oder ich lieber auf neutrales Weiß zurückgreifen sollte, beruhigte sich das Geräusch am Fenster. Uff. So ein Glück. Ersparte mir das leidige Kopfzerbrechen über die richtige Wahl der Dessous!

Des Rätsels Lösung war übrigens, dass es sich um einen Marder oder ein ähnliches Tier gehandelt haben musste, das eigentlich die Hauswand raufklettern wollte und sich dabei aber im Fliegengitter verfangen hatte. Dort randalierte das Vieh, was mich zum Trugschluss brachte, dass es sich um den Einbruchsversuch einer Verbrecherbande handeln müsste.

Wenn ich das putzige Viecherl früher gesehen hätte, hätte ich mich gleich richtig chic gemacht!

22. Ich bin spröde geworden

Seit über einem Jahr schon wütet nun die Pandemie über den Erdball – mal mit viel Hoffnung auf eine Eindämmung, dann wieder mit vielen Tiefen und traurigen, angsteinflößenden und auch teils sehr verwirrenden Medienberichten.

Mal darf man raus und sich mit anderen treffen, dann wieder droht ein harter Lockdown. Dieses zweite Jahr ist geprägt von der großen Hoffnung auf die Wirksamkeit der Impfung, die Leute sind hin- und hergerissen zwischen Erleichterung und Skepsis, es bilden sich wilde Fronten und Gruppierungen, alle vertreten irgendeinen Standpunkt, keiner will dem anderen seine Meinung so recht gelten lassen.

Frau Corona-Krönlein behält einen kühlen Kopf und scheint direkt etwas freudig-erregt, wenn ich ihr erzähle, dass in diesem zweiten verflixten Jahr täglich zwischen 2.000 und 15.000 Neuinfektionen alleine in Österreich gemeldet werden. Aber sie tröstet mich mit ihrem einzigartigen Corona-Charme: *„Alles hat seinen Sinn, Lotta. Halte durch. Du wirst die Früchte noch ernten, es geschieht nichts umsonst. Pausen sind gut, Pausen sind wichtig. Sie lassen dich reifen."*

Gut, zuerst dachte ich, es wird schon wirklich seinen Sinn haben, so eine Pandemie, irgendeine schöpferische Erneuerung wird es wohl bereithalten für uns, das Universum, das Schicksal oder wie auch immer wir die leitende Kraft und schützende Hand über uns nennen mögen. Wieder die erhitzten Gemüter ein bisschen runterfahren, die gestressten Workaholics auf Werkeinstellung zurücksetzen. Uns aufs Wesentliche, Wichtige besinnen lassen, zu uns selbst finden.

Das ist ja alles gut und schön, aber jetzt reicht es mir langsam und ich bin spröde geworden… zerbrechlich und zerknittert….

Alles hat seinen Sinn. Halte durch.
Du wirst die Früchte noch ernten, es geschieht nichts umsonst.
Pausen sind gut, Pausen sind wichtig. Sie lassen dich reifen.

Zuerst ging's noch, da war alles irgendwie anders und gar nicht mal so schlecht: durch's Distance Learning der Kinder gab's keine Konflikte mehr im Pausenhof, die Kopfläuse blieben komplett aus, der Schularzt attestierte kein einziges Mal mehr Masseneisenmangel und Massenplattfüße, die öden Elternabende mit verbohrten Helikopter-Eltern und ihren abstrusen haarsträubenden Ideen fielen aus, niemanden interessierte mehr „die gesunde Jause" und ob man in der Schullandwoche zum Trendsport in die Berge oder zur Sisi nach Wien tingeln würde.

Die von mir so lästig empfundene Links-rechts-Busslerei zur Begrüßung fiel weg, man gab sich keine verschwitzten Hände mehr und wischte dann heimlich seine eigene Hand angeekelt ins Tischtuch der Nachbarin, man roch sich und die anderen nicht mehr – entweder aufgrund des stets mitgeführten Babyelefanten oder aufgrund des Nasen-Mund-Schutzes. Steril kroch man in sich selbst hinein, schnitt Grimassen, die keiner sah, jegliche Mimik verhallte im blau-weißen Fetzen und akustisch verstanden wir uns alle auch bald nimmer.

Die Adventmärkte, wo sich in seliger Glühwein-Laune die Schnapsnasen mit ihren batteriebetriebenen Zipfelmützen unterm grell beleuchteten Riesenradl zuprosteten und herumstänkerten, brauchte ich nicht mehr zu besuchen, was mir jedes Jahr von irgendwem aus meinem Freundeskreis zur Pflicht gemacht wurde und eigentlich war ich völlig ohne Stress und Kalender, weil es sowieso hieß „treffen Sie niemanden!"

Klang für mich zumindest am Anfang mal richtig gut und entspannend. So eine Pause von zu viel Menschelndem.

Aber jetzt bin ich spröde geworden. Sehr sogar.

Ich möchte euch alle wieder riechen, die Parfums und Cremen auf eurer Haut, die Shampoos auf euren Haaren, den Zigarettenduft in euren Bärten, den Schweiß auf euren Wangen. Ich möchte euch fühlen, wenn wir uns umarmen

– und sei es nur für den kurzen Augenblick der Begrüßung, des flüchtigen Beschnupperns für ein paar Sekunden.

Ich möchte mich austauschen mit anderen Eltern, möchte deren Sichtweise erfahren, möchte mich mit Plattfüßen und Eisenmangel herumschlagen und das lästigste Übel, vor dem ich mich und meine Familie schützen würde müssen, sollten wieder diese verdammten Kopfläuse sein und nicht eine Krankheit, die so viele Gesichter und Erscheinungsformen hat wie die Hydra aus der griechischen Mythologie.

Und ja, ich möchte mich wieder mit den Dumpfbacken auf dem Christkindlmarkt herumschlagen und kopfschüttelnd nach Hause gehen und nicht durch die Thujenhecke des Nachbarn klettern, damit ich die Ausgangssperre umgehe.

Ich möchte meinen Kindern eine gesunde Jause richten und sie zum Schulbus in die Finsternis hinausschicken, wissend, dass sie an der nächsten Ecke schon ihre Freunde treffen und es zwischen ihnen ein Gekuder und ein Juchee geben wird.

Zerbrechlich fühl ich mich. Spröde und zerknittert.

Für Corona hab ich genau noch einen Satz übrig: „Schleich di, du Oarschloch!".

23. Bloß ein Vogel?

In Krisenzeiten sieht man ja nicht über den Tellerrand – nein, man glaubt vielmehr nicht mal daran, dass so ein Rand überhaupt existiert. Die Spinada merkt meinen Zustand, sie findet tröstende Worte, die jedoch auch nicht viel nützen: *„Auf der Hochschaubahn der Gefühle kannst du ganz bei dir sein, dich und das Leben spüren. Gefühle sind nichts für Feiglinge. Bleib offen und mutig!“*

Manchmal bin ich aber echt krawutisch, da geht mir alles total schnell auf die Nerven und dann wieder, im Handumdrehen rührt mich was und ich bin kurz davor in Tränen auszubrechen. Was ist das bloß? Hormonelle Umstellungen kurz vor dem Verdorren, eine bisher unentdeckte Hochsensibilität, das Blankliegen der Nerven, weil's einfach auf der Welt so drunter und drüber geht oder bloß ein Vogel?

Kleinigkeiten sind es nämlich, die mich an die Decke gehen lassen:

Da legt ein betagter Mann hinter mir im Geschäft seine Ware schon aufs Fließband, wenn ich noch gar nicht fertig bin und vermeintlich keinen Platz mehr habe, und ich könnt ihm schon durch die Maske ein wütendes „Hast keine Augen im Kopf, du Fetzenschädl?“ rüberspradern, doch im selben Moment sehe ich, wie zittrig seine Hände sind und wie erloschen sein Glanz in den Augen, was mir gleich die Tränen ins Gesicht schießen lässt vor Rührung, weil dieses alte Männlein sich so plagt, noch alleine einkaufen zu gehen.

Oder ich sehe auf Facebook Postings über Viecherl, die verlorengegangen oder gar gestorben sind, und krieg gleich sooooo einen Hals. Lasst's mich doch in Ruh mit euren zerzausten Läuseteppichen, habt ihr nichts anderes im Kopf als die blöden Tiere, bin ich versucht, in den Kommentaren zu schreiben, kurz bevor es mir im Herzen sticht, wie arm doch diese Hundsis und Katzis sind, welche Qualen sie aushalten mussten und wie grauenvoll die Kreatur Mensch doch sein kann.

Auf der Hochschaubahn der Gefühle kannst du ganz bei dir sein,
dich und das Leben spüren.
Gefühle sind nichts für Feiglinge. Bleib offen und mutig.

Dann schreibt mir ein Bekannter, ob ich mit ihm auf einen „Café" gehe. Auf einen „Café" !!!! KAFFEE, KAFFEE, KAFFEE schreibt man das Getränk, das andere ist das WIRTSHÄUSL, wo der KAFFEE serviert wird, hast du denn gar nichts in deinem Schädel, du Loser du, möchte ich zurückschreiben, doch im nächsten Moment schießt es mir durch mein blondes Köpfchen, wie nett der eigentlich ist, möchte sich mit mir treffen, sucht den Kontakt zu mir, bemüht sich und eigentlich ist es doch nur mein Rechtschreib-Vogel, der mich so auszucken lässt. Schick ihm ein dickes Café-…ähm… Kaffee-Häferl zurück.

Oder die Kinder stellen das pickige Saftglas zum x-ten Mal ganz an den Rand der Arbeitsfläche, sodass ich es mit meinen weit schwingenden Armen beinah zu Fall bringe und sie merken es sich nicht. Nicht und nicht. Auch nicht nach tausendmaligem Ermahnen. „Ja, seid ihr denn zu gar nichts zu gebrauchen, ihr Gschrappen, wie lange wollt ihr mich noch nerven?", schreit es in mir und ich bin versucht, sämtliche Gläser wegzusperren und die Kids von der Wasserleitung zuzeln zu lassen, doch dann denk ich mir, wie süß die eigentlich sind, wie pflegeleicht. Und ich bin unendlich dankbar für ihre geistige, körperliche und psychische Gesundheit und dafür, dass wir uns so gut verstehen, obwohl wir 24/7 beieinander picken. Dann weine ich wieder ein bisschen. Wegen eines Saftglases.

Und überhaupt ist es so finster draußen und so kalt und alles und alle sind krank und diese Katastrophe wird immer ärger und die Leute werden immer spinnender und es gibt kein Entrinnen und überhaupt keine Hoffnung auf irgendwas mehr und wir werden alle sterben. (Aber nicht heute). Und außerdem hab ich alle so lieb und freue mich schon auf alle wieder so sehr und bin so froh, dass es mir so gut geht und dass alles seine geregelten Bahnen geht trotz Ausnahmesituation.

Es könnt' mir nicht besser gehen. Deshalb weine ich gleich noch eine Runde.

24. Das hab ich vorher noch nie gesehen

Ich muss im Hier und Jetzt bleiben, ich darf nicht so flippen und nicht so ein Kopftheater aufführen. Diese Gefühle kommen oft von den eigenen Gedanken und gar nicht von realen Ereignissen. Was tut man in so einer Situation? Kurz setz ich mich jetzt mal zu den Damen auf den Fauteuil und gebe mich einfach geschlagen. Die sollen auf mir rumhüpfen oder sonst was machen. Oder mir irgendwas mitteilen. Haben doch sonst auch immer ihren Schnabel offen, die zwei Schnattergänse. Es braucht auch nicht lange, da wispert die Corona-Krönlein – wahrscheinlich doch mit einem etwas schlechten Gewissen, wenn sie mich so zerknirscht sieht – in mein Ohr: *„Sieh dir die Kehrseite der Medaille an, du wirst staunen, was sich auf der anderen Seite befindet.“*

Und ja, sie hat recht!

Ich raffe mich wieder hoch von meinem Ohrensessel und mache einen Spaziergang durch die Stadt. Alle Geschäfte zu. Lockdown Nr. 3. Sie sind teilweise nicht nur vorübergehend zu, sondern wirklich für immer geschlossen. Ein mulmiges Gefühl beschleicht mich. Keine Kleiderständer und Schütten vor den Auslagen, keine Musik dringt auf die Straße, niemand flaniert herum; wenn ich einen Menschen treffe, so marschiert derjenige zielgerichtet irgendwohin. Keine automatischen Türen öffnen sich, wenn man zu nah an sie herankommt, Zeitungen liegen unbeachtet im Dreck in so manchem Eingang und keinerlei bunte Slogans mit Abverkaufswerbungen und Super-Sonder-Mega-Sales reizen meine Netzhaut. Die Stadt steht sogzusagen nackt vor mir.

Sieh dir die Kehrseite der Medaille an, du wirst staunen, was sich auf der anderen Seite befindet.

Und wenn man so nackert ist, offenbart man ja so manches ansonsten Verborgene, das weiß jedes Kind. Auch bei Städten ist das nicht anders. Also sehe ich zum ersten Mal, dass es unfassbar viele Angebote an Therapiezentren, Ärzten, Alternativmedizinern und Tattooshops gibt. Auch offenbart sich mir eine wunderschöne Architektur, denn erstmals habe ich meinen Blick nicht nur auf Augenhöhe geschraubt, sondern erhebe ihn, um ihn an den Hausfassaden hochklettern zu lassen. Dort sieht man die prachtvollsten Häuser, geschmückt mit feinsten Ornamenten, interessante Fenster, hinter denen sich in meinem Kopf bereits ganze Kinofilme abspielen, für die ich eventuell sogar den Oscar kriegen würde, und wunderschön gestaltete Straßenabschnitte, die ich noch nie gesehen habe, obwohl ich schon tausendmal durch diese Straße gelaufen bin.

In einer zugeklebten Auslage erfahre ich über die Geschichte der Stadt so einiges, was mir bisher total fremd war: die internationale Mode etwa hielt in den 60er Jahren Einzug in der Stadt und „die ältere Generation konnte bei all den Miniröcken nur beschämt wegschauen“, kann man hier lesen. Oder dass der Kaiser Ferdinand und der Napoleon da waren und herumgefahren sind und Verträge unterzeichnet haben und dass Peter Tunner augenscheinlich kein Womanizer war. Und dass es ein Haus gibt, in dem der Scharfrichter wohnte und ich bis heute nicht weiß, wo zum Henker das sein sollte.

Nie hätte ich das alles gesehen, wenn das Leben normal weitergegangen wäre!

Und erst der Blick nach unten offenbart Sachen, ich kann euch sagen! In den Steinplatten am Boden des Hauptplatzes zieht sich ein Schriftzug vom Beginn bis zum Ende, wo genau festgehalten ist, wann die Stadt wie bezeichnet wurde. Nie hätte ich erfahren, dass Leoben „liebliche Gegend“ bedeutet, wenn ich weiterhin auf gleicher Höhe im angesagten Modemarkt geshoppt hätte, nie wäre ich drauf gekommen, dass die Stadt mal „Liubina“ und „Lewben“ geheißen hat, wenn ich weiterhin auf ein, zwei Bierchen ins Lokal inmitten der Häuserzeile gegangen wäre. Noch immer dumm wie eine

Pflaume wäre ich, weil ich nicht wüsste, dass man Leoben mal „LeobM“ geschrieben hat, da ich mit meinen Mädels ins angesagteste Tanzlokal des oberen Murtals Gesäßwackeln gegangen wäre, ohne einen Blick nach unten zu wagen. So rein theoretisch.

Und dass mitten am Platz, rund um die Pestsäule, 6 rosafarbene Pimmel in die liebliche Gegend ragen, muss auch mal gesagt werden, obwohl ich sie vorher noch nie gesehen hab. Vielleicht sind's auch nur harmlose kleine Säulen und ich bin etwas falsch fokussiert zurzeit…

Eventuell überleg ich mir das mit dem A…wackeln im Tanzpalast doch noch einmal – wenn dann das Ganze wieder vorbei ist und ich nicht mehr gezwungen bin, mich für die Geschichte der Stadt zu interessieren. Da kann man dann ja wieder schauen, welche Säulen in der Realität noch aufrecht stehen…

25. Man wird bescheiden

Irgendwas muss man doch lernen aus dieser Geschichte. Für irgendetwas muss das Ganze ja gut sein, davon bin ich überzeugt. Und es wird mir auch langsam immer klarer, denn seien wir uns ehrlich: wohin hastet unsere Gesellschaft und wir mitten drin als ein Teil von ihr? Ins immer noch Schnellere, Größere, Überladenere, Sinnentleertere, Wahnsinnigere? Wo bleibt die Seele, kommt die überhaupt noch nach und ist die überhaupt noch dabei?

Auch meine zwei Fauteuil-Tanten sind mit mir einer Meinung, besonders die Corona-Krönlein brüstet sich, dass ihr Auftreten ja doch was bewirkt hätte: *„Freue dich über die kleinen Dinge, sie sind die Mosaiksteinchen, die die Fülle des Lebens ausmachen“*, gibt sie von sich und ich gebe mich dieses Mal wirklich geschlagen, ohne das Ganze weiter zu hinterfragen.

Ja, ich weiß, „Bescheidenheit ist eine Zier, doch weiter kommt man ohne ihr“. Aber wenn die Pandemie wirklich eines bei mir bewirkt hat, dann ist es besagte Bescheidenheit. Und Zufriedenheit mit den kleinen Dingen. Und Demut. Denn nichts ist mehr selbstverständlich. Das Gesicht haben wir alle verloren, versteckt hinter Masken, berühren dürfen sich nur mehr die Pommes auf den McDonalds-Plakaten und gemeinsam ein Gläschen trinken darf man nur mehr, wenn einem zuvor ein Staberl beinah bis ins Hirn geschoben wurde.

Ich will mich nun keinesfalls über solche Maßnahmen aufregen, das liegt mir fern. Denn ich habe auch keine bessere Idee, wie man sonst die Sache in den Griff bekommen sollte. Also mach ich eben, so gut es geht, was man mir befiehlt. Ich bleib ja bei Rot auch an der Ampel stehen und reg mich nicht auf, dass man meine Persönlichkeitsrechte damit einschränkt.

Freue dich über die kleinen Dinge, sie sind die Mosaiksteinchen, die die Fülle des Lebens ausmachen

Nun aber ist es so, dass ich wirklich begonnen habe, mich irrsinnig über Kleinigkeiten zu freuen, z.B. darf ich bei einer Shiatsu-Massage meine Maske runternehmen, obwohl der Masseur die seinige anbehalten muss. „Man müsse die Reaktion des zu Massierenden im Gesicht sehen können“, heißt es im Gesetz. Juhu! Endlich jemand, der meine Mimik sehen will, endlich einer, dem es nicht egal ist, welche Grimasse ich unter meiner Maske ziehe, endlich einer, der auf die gute alte Kommunikation der Körpersprache zurückgreift! Was für ein Feeling, was für eine Massage – zwei Tage später noch bin ich wie lahmgelegt, mein Lebermeridian jubelt! ...Und ich bin ja bescheiden.

Ein andermal trinke ich einen Kinderpunsch. Auf der Straße! Mit Freundinnen. Aus Pappbechern prosten wir uns in der Luft zu, natürlich 50 Meter vom ausschenkenden Lokal entfernt, wie es das Gesetz verlangt. Aber wir tun es trotzdem. Es kommen Erinnerungen hoch, wie es damals war, anno dazumal, sozusagen. Als man noch am Hauptplatz stand und sich auf den Faschingsumzug freute oder einem Konzert lauschte. Fast so ist es wieder, als ich diesen Kinderpunsch trinke...man wird ja, wie gesagt, sehr bescheiden.

Und wie viele Männer in letzter Zeit irgendwas in mich reinstecken – unglaublich! Da ist als erstes der Apotheker, der mit seiner langen Stange in mir bohrt, dass es mir scheint, als hole er mir das letzte bisschen Liquor aus meinem Kopf. Danach folgt der Zahnarzt, der ganz aufs Orale versessen ist und schließlich noch ein junger Sanitäter, der es gleich in beiden (Nasen-)Löchern treibt. Die pikanten Details vom anschließenden Frauenarztbesuch und das dazugehörige Kopfkino erspare ich der werten Leserschaft.

Doch es gibt noch einen anderen Höhepunkt: neulich wagt es jemand, mich zu umarmen! Frisch getestet beide, eine feine Umarmung zum Abschied. Was kann ich euch sagen: ich bekomme einen Orgasmus. Einen Multiplen. Man wird ja bescheiden.

26. Valentinstag – ich bin verloren!

Langsam wird es besser, es ist deutlich spürbar. Zumindest die Lockdowns werden weniger, die Impfkampagne ist gestartet. Allerdings entzweien sich die Menschen immer mehr, sie werden verzagter und somit aggressiver, sie sind verzweifelt und ohnmächtig und manche daher äußerst wütend. Dabei wäre es doch so schön, wenn alle an einem Strang ziehen würden und die Liebe die vorherrschende Kraft wäre. Und nicht nur die romantische Bang-Bang-Liebe.

Wenn man aber schon seinen durchaus schrägen Zeitgenossen und anderen Lebewesen nicht genug Liebe entgegenbringen kann, ist es zumindest einen Versuch wert, sich wenigstens einem einzigen Menschen intensiv zuzuwenden und es auf der Partnerschaftsebene zu versuchen. Deshalb wird auch enorm Werbung für den bevorstehenden Valentinstag gemacht. Allerdings ein Psychoterror-Tag für Singles, da schlagen die Herzen gleich höher. Und zwar nicht nur die der vermeintlich sich Liebenden, sondern vielmehr die der Einsamen, Wenn man nämlich der Merchandise-Maschinerie im Vorfeld glaubt, wird man den Tag ohne Partner wohl kaum überstehen.

Frau Spinada hat dazu klare Worte: *„Liebe ist wichtig. Aber wie gehst du damit um? Fühlst du sie in deinem Inneren oder trägst du sie lieber nach außen? Bleibst du ganz bei dir oder lieber auf Facebook?“*

Ich beschließe, mir das mal von außen anzusehen und dann zu entscheiden.

Im Drogeriemarkt gibt’s das erste Valentinsspecial: Rasierklingen. 6 Stück in einer extra mit Herzen und „be my valentine“-Pickerl beklebten Sonderbox. Nicht zum Pulsadern-Aufschneiden, neeeeeiiiin!, sondern für die Intimrasur. Nehme ich halt mal an. Und kaufe mir sicherheitshalber 3 Packungen. Verklärt denke ich an die Zeiten mit Seppi zurück, den ein gestutzter Vorgarten immer so verzückt hat. In Memoriam schere ich mich wie ein Schaf und warte geduldig auf den großen Tag und den ebenso prächtigen Mann, der nicht und nicht mehr kommen will.

Liebe ist wichtig. Aber wie gehst du damit um? Fühlst du sie in deinem Inneren oder trägst du sie lieber nach außen? Bleibst du ganz bei dir oder lieber auf Facebook?

Erst als der etwas juckende Flaum zwischen den Pickeln nach einer längeren Zeit des Wartens wieder ans Tageslicht möchte, fällt mir ein: Ah nein, ups – der Seppi mag mich ja gar nimmer! Der grast jetzt ja auf anderen Weiden. Und Decken gibt's beim nächsten Möbelhaus. Decken! Kuscheldecken im Valentinsangebot, Gewichtsdecken im Valentinsspecial, Daunendecken von glücklichen, am Valentinstag gerupften Gänsen. Eine neue Decke braucht Frau ganz bestimmt zu diesem feierlichen Event. Gedacht, gekauft. Und mich an Hansi erinnert. Hansi war immer viel beschäftigt, schlief selten, arbeitete stetig, hatte Freizeitstress und viel Angst, mit sich selbst alleine zu sein. Ein paar Mal brachte ich Hansi dazu, sich mit mir unter eine Decke zu stecken. Ob mir das wohl noch einmal gelingt? Ah nein, ups, der Hansi hat ja jetzt ein Burnout und liegt unter einer Spitalsdecke. Der kommt an keinem Valentinstag mehr.
Oh! Und die Naschereien sind alle im Angebot. So viel Süßes! Ich lagere mir einen Vorrat ein und denke verklärt an Burschi. Der hat doch immer so gerne genascht, ob er wohl auf ein Bonbonierchen vorbeikommt? Ah nein, ups, der Burschi mag mich ja auch nimmer, der hat so viel Seelenmüll angehäuft, weil er nie die Pappen zum Reden aufgekriegt hat, sondern immer nur für Süßes, sodass er jetzt sehr zu kämpfen hat. Mit all dem Mist in seiner Seele, mit mir und mit seinen Blutzuckerwerten.
Aber macht nichts. Ich bin ja eine starke Frau, dann mach ich's mir eben alleine gemütlich unter meiner neuen Decke mit juckendem Schritt und einem Lolly im Goscherl.
…Oder aber ich kauf mir die Brille, die ich unlängst beim Optiker meines Vertrauens gesehen hab: ein Valentinsangebot fürs Scharfsehen. Keine rosa Brille mehr. Dann passieren mir Griffe ins Häusl mit den Seppis, Hansis und Burschis vielleicht in Zukunft auch nimmer.

Dann *„bleib ich ganz bei mir“*, liebe Frau Spinada, du hattest wie immer Recht.

27. **Das schlechte Gewissen**

Und irgendwann dann scheint Frau Corona-Krönlein plötzlich sehr erschöpft zu sein, auch Frau Spinada mag nicht mehr so recht. Die beiden hängen im Ohrensessel herum, zu viel waren die Aufreger der letzten Monate, um nicht zu sagen Jahre. Dieses ständige Hin und Her an Hoffen und Resignieren hat uns alle sehr mürbe gemacht, weshalb ich vorschlage, mal eine Pause einzulegen. Aber offensichtlich ist es auch der Urtrieb von Strichmännchen, immer in Action zu sein. Und sie tun sich schwer dabei. Frau Spinada haucht mir noch mit letzter Kraft zu: *„Achte auf deine Taten, teile deine Zeit gut ein, unterscheide Wichtiges von Unwichtigem*", und fällt unmittelbar danach in einen tiefen Schlaf. Auch die Krönlein ist knapp vorm Kapitulieren, weshalb ich denke, ich könnte mir auch mal eine Auszeit nehmen.

Die Ferientage zu Ostern sind prädestiniert dazu. Und auf meinen ursprünglichen Plan, nämlich mit der Familie Zeit zu verbringen, gutes Essen und Trinken zu genießen, sich mit Freunden zu treffen, zuhören, lachen und einander liebhaben, wird gepfiffen. Aber sowas von.

Heuer kommt Plan B zum Zug und ich zieh mir mal meine 6 DVD à 4-5 Folgen zu je 48 min von „die Hausmeisterin" rein. Am Stück, nonstop. Im Bett. Mit Laptop auf dem Bauch und Kopfhörer auf dem Schädel. Lasst's mich doch alle in Ruh mit eurem Weltverbesserungsgedöns!

Bayrischer Humor gepaart mit viel Wissen über das Leben. Über 30 Jahre alt, diese Serie. Da haben die Frauen noch eine weibliche Figur. Da sind noch keine Spargeltarzane unterwegs. Und die Hausmeisterin, die sorgt sich um alles und kümmert sich um jeden. Die kann besser anpacken wie jedes Mannsbild, die löst die Sachen mit Hausverstand und wenn sie nicht mehr will, trommelt sie ein freudiges „steigt's mir doch alle aufn Hut". Ich liebe sie!

Achte auf deine Taten, teile deine Zeit gut ein,
unterscheide Wichtiges von Unwichtigem.

Und die ersten drei, vier Folgen genieße ich auch noch besonders, ohne viel nachzudenken. Dann aber plötzlich regt sich was in mir.... Es scheint mein Gewissen zu sein. Sollt ich nicht auch ein bisserl putzen oder wenigstens mal der täglichen Systemerhaltung nachgehen? Wie war denn noch schnell mal meine Küche beieinander, als ich diese vor ein paar Stunden zurückließ? Hab ich überhaupt schon das Geschirr von gestern Abend weggeräumt? Ich müsst mal aufs WC, spare es mir aber noch für eine weitere Folge auf. Die Hausmeisterin geht auch nicht ununterbrochen pieseln. Sie bohnert das Treppenhaus und dreht sich ihre Haare ein.

Wann hab ich eigentlich das letzte Mal Staub gesaugt und mein Treppengeländer gereinigt? Und wann hab ich was bei meinen Haaren gemacht? Wurscht. Hab eh Natur-Wuckerl. Brauch sie mir nicht eindrehen. Und das bissl Geschirr in meiner Küche wird auch niemanden töten. Die Hausmeisterin hat nicht einmal einen Geschirrspüler. Alles macht sie mit der Hand. Und dann kocht sie noch einen „Pichelsteiner". Einen Eintopf. Für ihre Liebsten.

Mir kracht der Magen. Ich muss mich jetzt mal erheben, komme, was da wolle. Und das Kreuz tut mir weh. Vom Laptop am Bauch. Ihre Sorgen möchten wir haben... Die Hausmeisterin hat auch Kreuzweh. Vom Putzen und vom Reparieren und vom Herumschieben der Koloniakübeln. Irgendwie riecht meine Biotonne aus der Küche auch schon. Nach Kren, sagen mir die Kinder schon seit 3 Tagen. Nicht nach Pichelsteiner Eintopf. Und da rührt es sich wieder, mein Gewissen....

Und wie die Hausmeisterin mit den schwierigen Männern umgeht! Da könnt man auch noch was lernen. Wenn man wollte. Ich entscheide mich dann aber doch eher fürs Pieseln-Gehen. Das ist erfolgreicher als der Umgang mit Männern. Die Hüfte tut mir auch schon weh. Vom vielen Herumliegen. Muss mich mal auf eine andere Seite drehen. Bei Folge siebzehn dann wird eine Umlagerung meinerseits vorgenommen. Die Hausmeisterin hängt jetzt auch noch die Wäsche auf und einen Teil bügelt sie. Himmel Herrgott, das wird immer anstrengender mit meinem Gewissen. Bügeln! Wofür denn jetzt DAS schon wieder!? Die Leute machen sich das Leben unnötig schwer, kommt mir manchmal vor. Und schon meldet sich mein linkes Knie. Was war jetzt wieder falsch? Uj, bin damit auf dem Aufladekabel vom Laptop gelegen.

Wie schnell eigentlich die Tage so vergehen. Da legt man sich am Mittwoch mit reinem Gewissen hin und ehe man sich versieht, hat man sich auch schon 6 DVDs á 4–5 Folgen mit 48 Minuten reingezogen. Im Bett. Mit dem Laptop am Bauch und den Kopfhörern auf dem Schädel. Und mit einem unfassbar schlechten Gewissen.

Als die ersten Vögel am Samstag zwitschern, springe ich aus meinem Bett heraus und putze von oben bis unten mein ganzes Haus, leere die Biotonne aus, koche einen Eintopf – Pichelsteiner wird's immer noch keiner – und wasche mir die Haare, bis ich vor lauter Wuckerl nicht mehr rausschauen kann. Und frage nicht! Jetzt hab ich erst recht Hüft-, Knie und Kreuzschmerzen…!

Ich glaub, ich muss mich augenblicklich wieder in die Horizontale begeben. Schließlich haben die Bayern ja auch noch andere Kultserien, von denen man kein schlechtes Gewissen kriegt….

28. Die Länge ist egal, die Technik macht's

Auszeiten tun gut, das merke ich auch bei meinen Strichmännchen-Damen. Sie sind seit dem letzten Zusammenbruch wieder viel fröhlicher und ungehemmter. Und ich staune, als mir eines schönen Tages Frau Spinada – jawohl, die Etepetete-Spinada ! – sagt: *„Es gibt Ebenen zwischen Himmel und Erde, die jeden Menschen in seiner Ursprünglichkeit berühren. Sei einfach ganz Mensch, folge deiner Natürlichkeit und lasse los.“* Die spricht von „Natürlichkeit“, „ganz Mensch sein“ und „Loslassen“. Da muss ich doch mal laut lachen, bis sich folgendes zugetragen hat:

Vollmondweibernacht. Eine Frauenrunde. Man ist durch die kosmische Energie schon etwas aufgegangselt, man knabbert Pistazien, trinkt das eine oder andere Bierchen und muss erkennen, dass sich die Tischgespräche mit dem Alter etwas gewandelt haben. Nicht unbedingt in einer appetitlicheren Form, das muss ich gestehen. Doch irgendwie müssen die Pistazien ja auch wieder ans Tageslicht.

Unterhielt man sich in jungen Jahren – also noch vor ein paar Wochen - über anstehende Events, Ergötzungen oder Probleme mit dem anderen Geschlecht, Serviettentechnik und Seifensiederei, so dreht sich jetzt alles eher ums drohende Klimakterium und die gesündesten Kochrezepte. Aber in dieser Vollmondnacht, da läuft das Ganze dann wohl ziemlich aus dem Ruder. Niemand weiß, wer darauf kam, denn plötzlich dreht sich alles nur mehr um die Frage „wie sch***e ich richtig?“

Die eine meint, alles Leben sei Leiden, das schon in der Früh mit einem harten Geschäft beginnt, die andere trötet ins selbe Horn und zeigt, wie sie sich pressend vorwärtsbeugt, als ob wieder mal eine Geburt anstünde, die nächste brüllt dazwischen, dass dies das Schlechteste überhaupt sei und propagiert ein Stockerl für eine Beinerhöhung und die Schamanin unter uns schlägt mutig-frech vor, ein Seminar darüber in der Region veranstalten zu wollen. Nur für Weiber, meint sie, die Männer würden inzwischen eine Gratiszeitung und ein gemütliches Platzerl auf einem Abort zugewiesen bekommen.

Es gibt Ebenen zwischen Himmel und Erde, die jeden Menschen in seiner Ursprünglichkeit berühren.
Sei einfach ganz Mensch, folge deiner Natürlichkeit und lasse los.

Denn damit haben die Kerle ja ohnehin kaum ein Problem. Manche zählen den Defäkationsvorgang zu den schönsten Stunden ihres Tages.

Wir aber suchen weiter nach einer Lösung, es wird im Internet gesurft, man sieht sich Videos von kackenden Männern an, man lernt etwas über Stuhlgangsohnmacht und Hämorrhoiden, man erhält seitenweise Angebote über Toilettenpapier und faltbare Hocker, die den Austrittswinkel anatomischer formen, aber keiner der Vorschläge ist wirklich befriedigend.

Als wir dann schließlich am Ende mit unserer Weisheit sind, stellen wir einfach Alexa, dem fünften Weib in unserer Runde, die alles umfassende Frage: „Wie sch***e ich richtig?", woraufhin diese uns ungerührt antwortet: „ich bin mir nicht sicher, ich bin eine KI. Eine KI hat keine Verdauung."

So ein G'schiss aber auch!

29. Knocked out

Nach so viel Loslassen und Entspannung geht in der Causa Corona nun mal wirklich was weiter. Die Impfung ist da, so gut wie alle lassen sich ein-, zwei-, drei- oder gar vier-, fünfmal impfen, bei manchen verläuft dies ohne Komplikationen, bei anderen ruft sie schwere Nebenwirklungen hervor – aber wie auch immer man dazu stehen mag, es bringt im Endeffekt nach einigen skurrilen Ausgrenzungen und wenig nachvollziehbaren Maßnahmen und Regeln doch Erleichterung in das Weltgeschehen.

Man kann sich wieder auf die alltäglichen Nichtigkeiten konzentrieren und ordentlich hineinsteigern und sich auch wieder mehr seinen Freunden widmen. Auch bei den Kindern entdeckt man plötzlich einige interessante Dinge, denn mein Kleiner, also mein Jüngster, ist mir in der Zwischenzeit über den Kopf gewachsen. Er und alles rund um ihn herum. Ich weiß nicht, wann dies passiert ist, habe aber eine erste Vorahnung, als eines Tages Frau Krönlein - für ihre Verhältnisse sehr klug – in einem singenden Ton und wieder fröhlich am Sessel tanzend von sich gibt: *„Alles Leben ist Wachstum und Entwicklung. Wachstum geschieht auch im Alter. Höre nie auf dich zu entwickeln, blieb neugierig, dann bleibst du auch stark.“*

„Dann bleibst du auch stark“, sagt sie.... Dass ich nicht lache. Wenn ich mir da mein Bürschchen so ansehe, kann ich einpacken!

Gut, man weiß ja, dass die Jugend mit Computern, Handys und Social Media umgeht, als ob man sie schon mittels Muttermilch damit großgezogen hätte, aber dass dieser Kleine, mein Küken und Nesthäkchen, mich mal so ausknocken würde, war mir bis vor kurzem noch nicht bewusst.

So geschieht es, dass ich keine Deckel und Schraubverschlüsse mehr öffnen kann, die er zuvor einmal in seinen Griffeln gehabt hat. Das Kindergarten-Trinkfläschchen, das mittlerweile zu einer überdimensionalen Thermo-Clima-Air-up-Performance-Adventure-Urban-Bottle ausgewachsen ist, kann ich nicht mehr reinigen, weil ich den akribisch, mit festem Druck justierten Deckel nicht runter bekomm. Zuerst dachte ich an einen Rheuma-Schub in meinen Fingern. Nachdem ich die Symptome gegoogelt und mich vom schlimmsten Schock erholt hatte, holte mich mein Küken wieder aus meiner Panik raus und räumte ein, dass er vielleicht die Sachen wirklich unnötig streng zuschraube. Gott sei Dank! Kein Rheuma-Schub!

Für diesen festen Griff trainiert er scheinbar auch heimlich. Hat auf einmal Muskeln wie Arnold. Na ja, fast. Aber was vor kurzem noch wie Zwirnsfäden aus seinem T-Shirt baumelte, sind nun zwei gut konturierte Arme. Und unter seinem Bett – nicht, dass ich da stöbern würde! – fand ich jüngst ganz erstaunt einen Expander. Wann hat sich dieser Kerl den bloß zugelegt? Zu Weihnachten hätte ICH ihm diesen gekauft, berichtet er mir auf meine Anfrage hin. Ich googele nach ersten Demenz-Symptomen und werde unruhig. Wieso kann ich mich daran nicht mehr erinnern? „Stimmt eh nicht", erlöst mich mein Witzbold-Küken nach drei Tagen Panikgeschiebe meinerseits. Er hätte ihn sich bloß von einem Klassenkollegen ausgeborgt. So ein Glück aber auch. Keine Demenz.

Und wenn ich schon lange im Bett liege, also so zwischen 20:45 und 20:53 Uhr, geht seit neuestem in der Küche ein wildes Treiben vor sich. Da wird er nämlich erst so richtig wach und hungrig, mein Kleiner, da beginnt er zu kochen. Mit Rezepten aus dem Internet. Und Zutaten aus meiner Küche. Beziehungsweise aus der Küche der Nachbarn. Denn stante pede müssen die ausgefallensten Lebensmittel (Eier zum Beispiel) greifbar gemacht werden und weil ja kein Geschäft mehr geöffnet ist um diese Zeit, wird die gesamte Nachbarschaft aufgescheucht.

Während dies geschieht, befinde ich mich meist schon in der ersten REM-Phase und bekomme das Chaos erst am nächsten Morgen zu Gesicht, wenn ich nämlich gut ausgeschlafen um 5:13 Uhr aufstehe und die geschändeten Töpfe und Pfannen sehe, für deren Reinigung ich im eingetrockneten Zustand ganz schön lange zu werkeln habe. Dieses Spektakel hab ich tags zuvor wegen unfassbarer Müdigkeit leider nicht mehr unter Kontrolle.

Alles Leben ist Wachstum und Entwicklung.
Wachstum geschieht auch im Alter.
Höre nie auf dich zu entwickeln, blieb neugierig,
dann bleibst du auch stark.

Die ersten paar Male dachte ich noch, ich habe eine schwere Krankheit, die mich abends so früh ins Bett zwingt, was mir auch Dr. Google bereitwillig bestätigte, nach längerem Nachdenken erkannte ich allerdings, dass es das tägliche frühe Küchenputzen ist, das mich so erschöpft in den Tiefschlaf sinken lässt. Ein furchtbarer Teufelskreis. Aber Gott sei Dank keine schwere Krankheit…

Mein Kleiner hat mich überall übertrumpft, ich muss es gestehen. Er hat mehr Parfums und Duschgels als ich, sein Fahrrad ist fast so viel wert wie ein gebrauchter Mittelklassewagen, seine Schuhe sind doppelt so groß wie meine – und ich habe keine kleinen Füße! – er schlägt mich täglich in einer Quiz-App, er bringt mich mit seiner Fragerei in Sachen Wetter, Klima und Politik zum Haareraufen – und ich habe viiiiiele Haare! – und er hat mehr Ahnung vom aktuellen Weltgeschehen als ich, spricht besser Englisch und Französisch, hat einen noch schwärzeren Humor als ich und überzuckert die verfahrensten psychischen Kalamitäten im Freundeskreis in Windeseile.

Knocked out. Auf allen Linien.

Aber in einer Sache bleibe ICH der Champ: im Erfinden und Heraufbeschwören von Krankheiten. Die tu ich nämlich googeln und binnen zwei Sekunden hab ich sie auch schon.

30. **Mensch, ärgere dich (nicht)**

Zur Tatsache hinzu, dass mir die Kinder über den Kopf gewachsen sind, kommt schließlich noch, dass irgendwie jetzt nichts mehr funktioniert. Man hat das Gefühl, Unternehmen und Behörden arbeiten auf Sparflamme, es gibt kaum mehr Personal und wenn, dann ist es wenig bis gar nicht kompetent. Bis zu einem gewissen Grad hat man ja auch Verständnis dafür, es müssen Sachen von über zwei Jahren nachgeholt werden, es muss wieder alles in Schwung kommen und manches wird bloß durch eine ungeheure Kettenreaktion ausgelöst, die in China losgeht und in Hinterzipfelspatschen mit einer kleinen fehlenden Schraube endet.

Geduld haben ist angesagt, nicht gleich verurteilen, mit einem liebevollen und milden Blick an die Dinge und Menschen rangehen ist das Motto. Nicht ärgern, nur nicht ärgern, denn *„Ärgern schadet dir nur selbst, bleibe ruhig, nimm die Menschen so wie sie sind, keiner ist perfekt, du bist es auch nicht. Bleibe bei dir, verliere dich nicht im Außen,“* sagt mir Frau Spinada immer wieder. Auch sie hätte sich über ihre Kollegin, die Krönlein, die Blöde, schon genug geärgert. Zu sehr habe die sich in letzter Zeit selber in den Fokus gerückt und uns alle ganz meschugge gemacht, aber es nützt ja nichts. Man solle die Menschen und die Strichmännchen nehmen wie sie seien, meint sie noch abschließend.

Sie hat ja Recht. Grundsätzlich. Aber, wie gesagt, manchmal reißt mir wirklich der Geduldsfaden.

Zum Beispiel schreibe ich ja recht gerne, dies erzeugt eine Spannung in mir, die sich dann wohl auch in einer gewissen Ent-Spannung entlädt, wenn die Geschichte gut geworden ist. Da habe ich eine Grundidee, stelle mir in meinem Geiste die dazugehörigen Kapitel vor und schaue, dass es einen roten Faden gibt. Schnell setze ich mich an meinen Laptop, fahre ihn hoch und klicke auf das Icon für das Textverarbeitungsprogramm.

Ärgern schadet dir nur selbst, bleibe ruhig, nimm die Menschen so wie sie sind, keiner ist perfekt, du bist es auch nicht.
Bleibe bei dir, verliere dich nicht im Außen.

Währenddessen beginnt es in meinem Kopf zu rotieren. Aber nicht etwa zum Thema der Geschichte passend, neeeiiin! - sondern meine Gedanken laufen mit mir davon, während sich das Rad am Laptop mit der verheißungsvollen Mitteilung „Startvorgang“ dreht. Das kann dauern, da habe ich Zeit, mich zum Beispiel über das Finanzamt oder die Krankenkasse zu ärgern, welch‘ letztere mir die Kosten für meine Physiotherapie geschlagene vier Monate später noch immer nicht rückerstattet hat und mir schon den zweiten Brief schickt, in dem sie mich auffordert, die Überweisung des Arztes nachzureichen, obwohl ich diese mit einer Klammer drangeheftet und auch schon ein Duplikat eingereicht hatte. Ich kann es mir weiters nicht erklären, dass sie meinen Reha-Antrag in der Rekordzeit von 3 Monaten abgelehnt haben. Ah ja stimmt, ich hab ja nix, bin ja bloß eine Hobby-Spastikerin.... Haben die dort ein Pferd sitzen, weil sie glauben, es könne aufgrund seines Schädeldurchmessers besser denken?

Übergangslos komme ich ärgertechnisch – und es kribbelt bereits in allen 10 Fingern - zu meinem ebenfalls vor Monaten bestellten Küchentisch, der zwar laut Möbelhaus schon bei der Spedition gelandet ist, diese den Auftrag aber leider versemmelt und statt des Buchstabens „a“ bei der Hausnummer eine Null gelesen und als unzustellbar wieder zurückgenommen hat. Auch dort dürfte ein Zoo den Laden übernommen haben. Hornochsen wahrscheinlich.

Ich schnaufe ein paarmal durch und ziehe eine Grimasse, die weder jemand sieht, noch für jemanden förderlich ist. Außer für meine Falten.

Das Rad am Laptop hat sich fertig gedreht, es erscheint ein blaues Kasterl mit der Aufforderung „bitte warten, schalten Sie den Computer nicht aus“, während ich mich ärgere, warum mir die Dorli auf WotSepp immer Fotos von sich im Bikini schickt, soll ich etwa zurückschreiben, wie attraktiv sie für ihr Alter ist? Den Teufel werd ich tun! Diese vertrocknete Pflaume geht mir an meinem hängenden Gesäß vorbei. Und warum schickt mir der Richard immer nur „Daumen-hoch“-Emojis und der längste Text, den er in den letzten 5 Wochen verfasst hat, lautete „aha“, der ist wohl auch nicht die hellste Kerze am Leuchter. Die Leute nerven mich alle so. Keiner sagt konkret, was er will, alles wischiwaschi und larifari, keiner will sich mehr festlegen, alles nur mehr ein Spiel und viiiiiieel, viiiiiiel Spaß. Bildchen, Emojis oder kurze Sätze mit zig Rechtschreibfehlern - wenn ich das schon sehe! *„wau, seits ihr fesch, dass ist grenzgenial!“* Kotz. Wann sind bloß alle so verblödet?

Eine weiße, leere Seite öffnet sich, mir scheint, jetzt bin ich drinnen in meinem Programm, ah nein, noch nicht ganz, das Rad beginnt sich erneut zu drehen, irgendwas wird „konfiguriert“, gibt man mir zu verstehen. Ich warte weiter und spüre, wie mir der Ärger von der Magengrube in den Hals hochsteigt, ein leichtes Würgen und eine Hitzewallung machen sich bemerkbar.

Und was hat eigentlich Tantchen bei unserem letzten Telefonat noch schnell gesagt? Ich sollte mir doch eine schönere Unterwäsche kaufen, dann würden mir die Männer nicht immer reihenweise davonlaufen. Jo sicher, Tantchen. Du bist ja auch sehr glücklich mit deinem alten Sack – und damit meine ich ihr beiges Unterkleid aus dem Jahr Neunzehnhundertkreisky, und nicht ihren Mann, wohlbemerkt. Das könnte man aber leicht verwechseln. Wann hatte ich eigentlich das letzte Mal Sex, hat es mich gefragt, das Tantchen. Ich glaub, da zahlten wir noch mit Schilling… Is eh wurscht. Interessiert eh keinen, außer meine neugierige Verwandtschaft. Ah nein, stimmt nicht ganz. Man muss doch, wenn man beim aktuellen gesellschaftlichen Rennen und Lifestyle dabei sein will, in seiner Statistik zumindest manchmal glaubhaft aufweisen können, dass man im Unterstüberl aktiv ist. So wollen es die Medien, die Werbung und die Nachbarn. Couchliegen und Fernsehen ist out.

Alleine mit der Wollweste im Wald spazieren ist auch out, da muss man mindestens zu zweit drei Gipfel auf einmal in trendiger bunter Papageien-Outdoorkleidung mit aktiver Schweiß-Furz-Imprägnierung bezwungen und auf jeder Hütte eine Gaudi mitgemacht haben. Radfahren ohne Motor ist out, da braucht es schon ein E-Bike, damit man dann auf den sozialen Medien posten kann, dass man 70 km gefahren ist, wo man sonst nie seinen Allerwertesten hochkriegt und am liebsten durch die Supermarkt-Tür noch mit dem Auto fahren würde. Und immer schön hudeln bei allem. Immer schön im Stress sein. Das ist in. Handywischen, pieps, pieps, wisch, wisch – und weg. Lächle, Lotta, du kannst sie nicht alle töten…

Oh, wie schnell das geht, schon ist die erste Seite des Textverarbeitungsprogrammes offen. Ähm… was wollt ich jetzt eigentlich schreiben? Weg ist sie, meine Story! Keine Kapitel mehr und schon gar kein roter Faden. Shit!

Ich werde mich in Zukunft weniger ärgern – versprochen! Und mich wieder mehr auf meine G'schichtln konzentrieren. Das ist besser für mein Wohlbefinden und erspart mir vielleicht auch den ungesunden Kontakt mit der Krankenkasse und deren Tierzuchtverein.

31. **Selbst ist die Frau**

Selbst ist die Frau. Das war schon immer mein Motto. Im Allgemeinen und auch was das Handwerkliche betrifft. Ich sehe nicht ein, dass ich irgendwas nicht können und kapieren sollte, nur weil ich kein Gemächt habe. Mit diesem schraubt, bohrt und nagelt man ja schließlich nicht. (Oder doch?...)

Ich weiß, man darf auch auf die Hilfsbereitschaft von anderen zählen, aber trotzdem nehme ich gerne selber die Dinge in die Hand. Frau Krönlein pflichtet mir bei, auch sie sei sich nie zu schade gewesen, mal Hand anzulegen, es wäre ihr schon immer egal gewesen, wie sie aussieht, ihre Krone hätte sie trotzdem stets erhobenen Hauptes behalten. *„Sei experimentierfreudig, Lotta! Öffne dich für Dinge, die du zuvor noch nie getan hast. Sie werden dir in irgendeiner Art und Weise gelingen. Dem Tüchtigen stehen alle Türen offen“*, trällert sie pudelnackert von der Spitze des Fauteuils.

Nun gut, sie sollte stolz auf mich werden:

Ein Samstag, an dem sich so gar nichts im Terminkalender findet, eignet sich gut für ein paar Arbeiten in Haus und Garten. Ich beginne mal mit dem Durchlüften aller Räume, lasse die klirrend-kalte Winterluft herein und kümmere mich inzwischen um die neue WC-Bürste, deren Verkaufsetikett nur noch abzulösen ist, um dann einsatzbereit zu sein. Leider löst es sich in Wirklichkeit aber nicht ab und ich stehe im eiskalten Häusl, wo es von links und rechts aufgrund meiner Lüftungsaktion reinzieht. Deshalb beschließe ich, mich in meinem Bett unter die warme Decke zu kuscheln und den Klopemsl gleich mitzunehmen. solang die Fenster noch offen sind. Man hat schließlich mehr Muse, die hartnäckig klebende Etikette runter zu fitzeln, wenn man dabei im Warmen liegen kann.

Während ich also mit der Klobürste so in meinem Bettchen hantiere, entgeht mir allerdings, dass der Nachbar von links am Gartenhang steht und mich schon längere Zeit amüsiert beobachtet.

Sei experimentierfreudig! Öffne dich für Dinge, die du zuvor noch nie getan hast. Sie werden dir in irgendeiner Art und Weise gelingen. Dem Tüchtigen stehen alle Türen offen.

Erst als ich die Fenster wieder schließe, schreit er ein belustigtes „Lotta, host einen neuen Liebhaber?“ rüber, was mich peinlich berührt und hurtig im gut durchlüfteten Haus verschwinden lässt. Ein paar Etikettenstückerl samt Strichcode kleben mir noch in den Haaren. Auch das übersehe ich.

Es folgt ein kleiner Einkauf per Veloziped. Auf der Rückfahrt vom Lebensmittelgeschäft springt mir die Fahrradkette raus, die ich sogleich wieder einzufädeln versuche, dabei mache ich mir die Finger schwarz vom Kettenöl, streife damit über meine Wangen und schaffe es nur mit viel Mühe, meinen Drahtesel wieder in Gang zu bringen. Der Nachbar von schräg gegenüber bleibt mit dem Auto stehen und bietet mir eine Mitfahrgelegenheit an, die ich jedoch ablehne. Sonst noch was. Selbst ist die Frau!

Zuhause angekommen bemerke ich, dass die Haustüre, die schon länger schwer zu schließen und versperren ist, nun gar nicht mehr funktioniert, was mich den Versuch einer Reparatur starten lässt. Ich sammle sämtliche Inbus-Schlüssel zusammen und drehe das Türchen aus den Angeln mit dem ständigen Gedanken: „Mit der Uhr geht's zua“, was so nicht ganz stimmt und sie sich im Endeffekt gar nimmer schließen lässt, ein Spalt zwischen Dichtung und Rahmen von einem Zentimeter besteht und der Holzrahmen dermaßen knarrt, dass ich den Nachbarn 2 Häuser weiter anrufen muss und um seine Hilfe flehe. Eine Niederlage! Selbst ist der Nachbar.

Dieser schraubt mir schließlich mit einer Engelsgeduld das Türchen wieder in seine Angeln und gibt dabei seine obere Gesäßritze bei heruntergerutschter Hose frei.

Resümee des Tages: Mit Klobürste im Bett gelegen, einen Ölbart wie ein Kätzchen, das Haar geschmückt mit Verkaufsetiketten samt Strichcode und zumindest den Arsch vom Nachbarn gesehen. Selbst ist die Frau. Auch ohne Gemächt.

32. Ein Tag im Paradies

Was soll ich euch sagen? Ich bin auf Reha. Manchmal lässt man mich das tun. Meine zwei Strichmännchen-Damen bleiben diszipliniert zuhause, die haben auch mal wieder eine Auszeit von mir verdient. Sie sind einverstanden, dass ich ein Service brauche und unterstützen mich geistig mit den Worten: *„Du brauchst eine Zeit für dich. Manchmal klappt das. Manchmal nicht. Bleib geduldig mit dir. Schau dir mal von außen selber zu, was du so treibst und wie du dich dabei fühlst."*

Drei Wochen also höchste Konzentration auf mich und meinen speziellen Körper, samt Erholung für Geist und Seele. Das Essen wird mir vor meinen Suppenschlitz gestellt, der Speisplan ist von höchster diätologischer Stelle ausgeklügelt, man kümmert sich um mich, von der knallharten Muki Bude-Betreuung angefangen bis hin zu entspannenden Massagen und Anwendungen. Und man lernt immer wieder schräge bis liebe Leute kennen. So ist der Plan.

Und die Realität?

Ich bin lange vorher wach, ehe mein Wecker abgeht, weil ich hier auf Reha irgendwie nicht wirklich einen befriedigenden Schlaf finde. Meiner Erfahrung nach liegt dies u. a. am mit einem Elektromotor ausgestatteten Bett. Ich hasse das. Da fühl ich mich wie ein Akku, der ständig aufgeladen bzw. überladen wird. Überall ist Strom. Überm Kopf sind Steckdosen, Lampen und der Schwesternnotruf und unterm Allerwertesten ist der Motor, mit dem man das Bett in alle möglichen Positionen verlagern kann. Außerdem liege ich auf einem Inkontinenz-Schutz-Bettlacken, welches mir zusätzliche Schweißausbrüche bereitet. Meine Zimmerkollegin hat bereits wieder in den frühen Morgenstunden versehentlich den Schwesternruf betätigt, als sie das Licht aufdrehen wollte.

Vor dem Frühstückssaal wartet eine Horde Menschen, man hat ja schließlich Hunger und Termine über Termine, man will als erster im Saal sein. Daraus wird aber nichts, denn die Leute gehen großteils mit Krücken, und mindestens 95 % von ihnen hinken auffällig. So schiebt sich der Pulk wie in einer Prozession durch die Speisesaaltür, als diese endlich geöffnet wird. Darunter ist auch eine Klosterschwester, die scheinbar das erste Mal hier ist und mich danach erstaunt fragt, ob dies jeden Tag so sei und es sich um ein Einzugsritual handelt. Tut es nicht, Schwester Oberin, es ist bloß das unglückliche Zusammentreffen von Hunger und Gier nach dem schönsten Plätzchen und nach dem vollsten Tellerchen, gekoppelt mit eingeschränkter Fortbewegungsfähigkeit.

Bereits am Tisch raufe ich mit einem Mann um mein Kaffeehäferl, das ich mir schon hergerichtet hatte und daneben meine Zeitung und den Zimmerschlüssel platzierte. Er habe dies gar nicht bemerkt, raunzt er und lässt sich mit einem harten Plumps auf meinen Sessel fallen. Ich ziehe von dannen, nicht ohne über seine Krücken zu stolpern. Danach hole ich mir eine gehörige Portion zum Frühstück. Ich vermisse wie immer die Existenz von Eiern, die in dieser Krankenanstalt mehr als verpönt und verboten sind, man könnte an so einem Ei schließlich sterben. Ich allerdings schicke bei jedem Bissen Essen ein Stoßgebet in den Himmel, dass es mich nicht unnötig blähen möge. So hat eben jeder seiner Sorgen.

Mein erster abzuarbeitender Punkt auf meiner heutigen Liste führt mich in einen Übungsraum, wo wir in der Gruppe eine Sensomotorik-Therapie zu absolvieren haben. Dazu bekommen wir einige Anleitungen, wie wir die Füße zu stellen haben und was wir mit den Händen tun. Und nie gleichzeitig, was einfach wäre, sondern immer zeitversetzt oder diagonal. Mit einer Hand formt man einen Hasen, mit der anderen eine Pistole. Dann muss die Pistole den Hasen erschießen. Klingt leichter als es ist. Man hat dann oft ein Waffenlager oder einen ganzen Karnickelstall in der Hand, bis die Therapie zu Ende ist. Und viel Spaß. Das lenkt kurz mal ab von den Krankheiten und Kalamitäten, die die Leute mit sich herumschleppen. Die stehen ja teilweise unter Schock, dass sie sich plötzlich nicht mehr so bewegen können wie früher. Ich habe hier eher einen gewissen Vorteil, bin ich doch schon immer in dieser unvollkommenen körperlichen Lage. Ich kiefle zwar permanent daran, jedoch stellt sich auch darin eine gewisse Gewohnheit ein.

Eine kurze Pause ist mir danach am Zimmer gegönnt und da wir ja in Zweibettzimmern einquartiert sind, gehe ich zum Telefonieren auf den Balkon. Von der Pistole und dem Häschen noch ganz geflasht, erlaube ich mir eine kleine Unachtsamkeit mit meinen Fingern, was dazu führt, dass mir mein Handy hinunterfällt. Nicht auf meinen eigenen Balkon – oh nein! das wäre zu einfach – es kugelt zielsicher zwischen Boden und Geländer in die Tiefe auf den Balkon einen Stock tiefer. Meine Gesprächspartnerin redet inzwischen ohne Punkt und Komma weiter, während ich heroben losstarte und die langen Gänge entlang wackle, um ins Zimmer unter mir zu kommen. Die mir unbekannte Dame erwartet mich bereits mit dem Handy in der Hand und redet inzwischen mit meiner Gesprächspartnerin am anderen Ende der Leitung weiter. Ihr ist es nicht aufgefallen - und ich kann das Gespräch ohne Unterbrechung fortsetzen. Das Handy funktioniert Gott sei Dank noch und das Gespräch blieb trotz dieses kleinen Zwischenfalls stets flüssig.

Apropos flüssig: es folgt Unterwassergymnastik. Ich werfe mich in Schale und Badeschlapfen, mit denen ich noch weniger gehen kann als mit anderen Schuhen und gönne mir ausnahmsweise eine Fahrt mit dem Lift. Der kommt aber nicht. Warum? Weil die Leute nach oben drücken, wenn sie nach unten wollen und in jede Kabine einsteigen, die sich ihnen bietet. Damit fahren sie dann den halben Vormittag in eine Richtung, in die sie gar nicht wollen. Das alles würde mich gar nicht so aufregen, wären nicht unglaubliche Personenbeschränkungen aufgrund der Pandemie. Das heißt, in einen Lift, der sonst 6 Tonnen oder 23 Leute transportieren kann, dürfen gerade mal 4 einsteigen. Rollatoren, Stützstrümpfe, Orthesen und Krücken gar nicht miteingerechnet.

Vor der Unterwassergymnastik sammelt sich bereits ein Häufchen Menschen in Badekleidung, was ein Typ, der mich schon seit Tagen mit unverschämten Blicken und manchen Gesprächen verfolgt, nützt und mich bittet, ihm meine Knieprothesen-Narbe zu zeigen. Weil ich guter Dinge und ohnehin schon halbnackt bin, reiße ich den Bademantel wie ein Exhibitionist auf und zeige ihm mein Revolverknie. Da staunt er, der Gute. So eine schöne Narbe will er auch. Muss er aber noch ein bisschen Geduld haben. Immerhin ist seine OP erst 5 Wochen, meine aber schon einige Jährchen her. Er wird mich die nächste Zeit weiterhin als willkommener Gesprächspartner begleiten, der mich viel fürs Leben lehrt: er findet nämlich Essen völlig sinnlos, denn man würde davon erstens dick werden, zweitens würde es viel Zeit verbrauchen und drittens müsse man dann wieder aufs Klo, was erneut Zeit kostet. Ich werde für den Typen beten, denn erstens ist Essen nicht nur ein Grundbedürfnis, sondern auch ein sinnliches Vergnügen, zweitens nehme ich mir sowas von gerne Zeit dafür und drittens kann doch auch ein Klogang Abwechslung in den lahmen Alltag bringen, oder?

Danach geht es ab ins kühle Nass. Mit Maske natürlich. Zwar einer angeblich wasserfesten, aber dennoch… Im Becken schwimmen schon zu Beginn kleine weiße Fussel a) von einem Taschentuch, b) von einem Tampon oder c) von einer Damenbinde. Die werte Leserschaft möge ankreuzen, mit welchem Kopfkino sie weiterarbeiten möchte. Und wir stehen dazwischen im brusthohen Wasser und üben mit Fächern gegen den Widerstand kleine Figürchen, begleitet von der Musik einer österreichischen Volksverblödungsgruppe. Als die Therapeutin kurz das Bad verlässt, hören alle auf zu trainieren und kichern wie Schüler, die sich freuen, dass sie es jetzt ihrem Lehrer so richtig gezeigt haben. Werdet erwachsen!

Ein Typ meint, das Wasser sei kalt und er würde gerne mit mir zusammenkuscheln. Tolle Anmache. Respekt. So einen Schmäh hab ich noch nie gehört. Nach Beendigung der Unterwassertherapie sollte man sich behelfsmäßig abtrocknen und so schnell wie möglich das Bad Richtung Zimmer verlassen. Duschen oder großartiges Umziehen ist coronatechnisch nicht erlaubt. Dem Kuscheltypen von vorhin ist das aber egal, er reißt sich einen halben Meter neben mir die Badehose runter und ich spüre direkt den Windhauch, mit dem er seinen Bademantel schließt, als ob er mich mit hinein saugt. Mit den Worten: „Die beste Krankheit is nix wert“ schließt er sein Schatzkisterl, und bei mir bleiben sowohl Erstaunen über sein imposantes

Gemächt wie auch der Funken eines Lächelns über seinen genialen Spruch zurück.

Die Männer hier befinden sich übrigens in einem Wettstreit, wer sein Ersatzteil kürzer in sich trägt und kerzengerader geht als der andere. Der ist nämlich dann der Sieger. Schwanzvergleich auf orthopädisch.

Dann steht das Mittagessen auf dem Programm. Alles ist streng reglementiert. Es wird in zwei Partien gegessen, die erste Tranche muss sich beeilen, denn wenn man zu lange sitzt und es einem etwa noch einfallen würde, ein bisschen zu tratschen, beginnen die fleißigen Bienchen vom Service schon ihre Putzarbeiten und wischen einem noch während der Nachspeise die Krümel unterm Popsch weg.

Gott sei Dank habe ich an meinem Tisch eine äußerst unsympathische Person, die uns anderen mit ihrem aufdringlichen Gerede sofort nach dem letzten Bissen in die Flucht schlägt. Also is eh nix mit gediegener Konversation. Wie es ihr nicht schlecht ginge, was sie nicht alles schon mitgemacht habe - es wird detailverliebt geschildert, während es in mir schreit: „Hoit anfoch die Fressn, mir geht's a net immer guat!"

Auf dem Weg zurück ins Zimmer beginnt bereits das dampfgegarte Gemüse in meinem Bauch zu rumoren und zur Gäranlage zu mutieren – ich freue mich auf einen entspannten Nachmittag und schaue zur Sicherheit noch beim Fencheltee vorbei, werfe 3 Antiflat in meine Senkgrube und bete zur Muttergottes, dass mir kein öffentliches Fürzchen entkommen möge. Zu spät, noch bevor ich auf den langen hallenden Gängen mein Zimmer erreiche, entfleucht das erste von ca. 54 Gasen an diesem schönen Tag. Das wird ja noch dufte werden!

Meine Zimmerkollegin betätigt das zweite Mal heute den Schwesternnotruf, als sie den Fernseher aufschalten möchte, überhört aber, dass man mit ihr Kontakt aufnimmt und treibt somit die Stationsschwester in unser Zimmer, die plötzlich besorgt vor ihrem Bett steht und sich nach ihrem Befinden erkundigt.

Ein Mittagschläfchen steht mir nicht zu, denn schon geht es weiter zum nächsten Punkt, der abgehakt werden möchte: Elektrotherapie. Wir werden einzeln in eine Koje mit Vorhang geschleift, bei den weiblichen Assistentinnen kann ich den BH anbehalten, beim männlichen sollte ich ihn ausziehen, „damit man(n) die Pads besser setzen kann", hat er gemeint, der bärtige Bär. Na gut, bin einverstanden. Man setzt mir irgendwelche Elektroden mit nassen Schwämmen auf den Rücken, und dreht den Strom auf, bis es kribbelt. Bei mir kribbelt es sofort, bei den anderen Herrschaften in den Kabinen eher später, da hört man die Assistenten schrauben und schrauben und immer höher drehen, bis mal stopp gesagt wird. Ich bin eben sensibel. Und zwar hoch. Nur ein älterer Mann hinter dem Nachbarvorhang hat auch ein bisschen Sorge um sein Wohlergehen und fragt die Assistentin, ob der Strom ihm im Schritt eh nix zerstört. Nach Ende der Therapie sei selbstverständlich noch alles dran und funktionsfähig, versichert ihm die Dame. Brrrrr, so was will ich mir gar nicht vorstellen.

Beim anschließenden Nordic Walking werden wir mit den klappernden Stöcken ins Freie gejagt und müssen bei jedem Wetter eine kleine Runde über den Hauptplatz und entlang des Flusses gehen. Wir sollten dabei bewusst auf unseren Gang achten. Ich hasse diese Stöcke. Man muss es mal so sagen. Aus meinem tiefsten Inneren heraus hasse ich dieses Geklapper, diese dünnen Sticks, die man mit jedem Schritt in den Boden sticht oder schleift und dabei auch noch die Koordination beibehalten soll. Vielleicht ist letzteres mein Problem, warum ich nicht wirklich gerne damit gehe. Und dann sollte man sich noch unterhalten mit den Herrschaften auf den engen Wegerln, wo ich mich höchstgradig konzentrieren muss, dass ich nicht über deren Stöcke stolpere oder meine eigenen in den angrenzenden Fluss rutschen.

Eine Google-Bewertung über die Reha-Anstalt besagt übrigens folgendes: „Die Klinik verschandelt das ganze Ortsbild, der Hauptplatz gleicht einem

Krankenhausgelände. Überall humpeln alte Leute auf Krücken herum, schade um den schönen Ortskern. Minus."
Entschuldigung, dass ich auf der Welt bin...

Eine kurze Pause wird mir gegönnt, ich falle erschöpft auf mein Elektrobett, muss mich aber bald wieder umziehen, um in den Sequenzraum zu gehen, zu Deutsch Mukibude. Hier bin ich heute an der Beinpresse eingeteilt, ich drücke und schiebe, beidbeinig und einbeinig und da der dampfgegarte Karfiol, der Brokkoli, die Bohnen, der Chinakohlsalat und das Sauerkraut vom Mittagessen ihren Tribut fordern, nutze ich den Lärm der Geräte und entledige mich bei jeder Beinpressung auch anderer ungebetener Gäste in meinem Unterg'stell.

Zu guter Letzt lässt man mich noch in einem Ganglabor aufmarschieren. Man zwingt mich, meine lange Hose bis über die Knie hoch zu streifen, Bergschuhe anzuziehen, eine Schiene aufs rechte Wadl und einen Gurt über den linken Oberschenkel zu schnallen und so auf einem Laufsteg zu gehen. Dazu reicht man mir einen Rollator und verfolgt mich mit zehn 3D-Kameras. Noch einmal - um sich das auch gut vorstellen zu können: ich muss mit einem ROLLATOR gehen und werde von ZEHN Kameras verfolgt, die mich von unten, von oben und von der Seite filmen. Dabei sehen drei Sportwissenschaftler auf vier Bildschirmen zu, die Aufnahme wird zudem auf eine Riesenleinwand projiziert und gespeichert. Aber das macht ja Gott sei Dank einem Spast nichts aus, unter diesen Umständen wird man erst so richtig locker ... (Sarcasm off)

Schließlich muss ich noch das T-Shirt in den BH stecken, weil sie die Bewegungen meines Beckens beobachten wollen, die Herrn Wissenschaftler. Forest Gump ist ein Lercherlschas dagegen! Ich habe mich selber noch nie in so einer jämmerlichen Lage gesehen und bin emotional hin und her gerissen: Einerseits keimt in mir die hoffnungsvolle Vermutung, dass es sich um eine versteckte (elfte) Kamera handeln könnte und ich bald im Fernsehen DER Brüller sein würde und andererseits befürchte ich, hier ein gröberes

Trauma zu erleben, das ich in den nächsten Jahren nur mehr mit professioneller Hilfe in den Griff kriegen könnte.
Ins Fernsehen kam die Sache nie. Eigentlich schade…

Um 17:00 Uhr gibt's dann Abendessen, ich kann es kaum genießen, weil die Unsympathische neben mir wieder detailverliebt ihre Kalamitäten von sich gibt. Diesmal sind es tagesaktuelle, gepaart mit allgemeinen. Eine Dame vom Nebentisch erklärt mir anschließend, dass sie Eisenhut als Ruhigstellung meiner Tischnachbarin vorschlage…

Nach dem Essen wage ich es noch einmal ins Freie, es ist eine gruselige Vollmondnacht, in der um halb 6 kein Mensch mehr auf dem Hauptplatz zu sehen ist, das Laub wird hin und her geweht, der Mond thront über den Häusern. Ich gönne mir einen Frisörbesuch, um einmal nichts von Krankheiten und Therapien zu hören und gerate mit einer unglaublichen Zielsicherheit an genau die richtige Frisörin. Nach nur drei Sätzen hat sie herausgefunden, wo ich logiere und beginnt, sich ihren eigenen Kummer über ihr zertrümmertes Knie von der Seele zu reden, vergisst dabei, dass sie meine Haare nicht nur horizontal, sondern auch vertikal schneiden sollte und richtet somit den hässlichsten Verschnitt meines Hauptes bis dato an. Leider bin ich so in ihrer Krankengeschichte verhaftet, dass ich es nicht merke, brav einen horrenden Betrag bezahle und mich noch viele Wochen täglich darüber ärgern sollte.

Und mein Blutdruck ist kurz vorm metabolischen Syndrom. Man hat mich deshalb in eine Entspannungsgruppe gesteckt, wo ich mit jenen Frauen, die ihren ganzen Lebensschmerz auf den Schultern umhertragen, ein kleines Stück Schoko essen darf, mir dafür aber 20 Minuten Zeit lassen muss, weil man dies bewusst genießen sollte. Ich bekomme schon am Anfang eine Abmahnung, weil ich das Papier in meiner Gier zu schnell aufreiße. Sonst kriegt man ja einen Krampf in den Fingern. Das kann auch nicht gesund sein…

Du brauchst eine Zeit für dich. Manchmal klappt das. Manchmal nicht. Bleib geduldig mit dir. Schau dir mal von außen selber zu, was du so treibst und wie du dich dabei fühlst.

Zum krönenden Abschluss dieses Tages holt meine Zimmerkollegin noch einmal die Nachtschwester vor ihr Bett, als sie versehentlich die Taste für den Bergdoktor im TV mit der des Schwesternnotrufs betätigt. …Amoi geht's noch.

Nur noch die Hälfte. Nicht von der Schoko, sondern von der Reha. Dann hab ich's geschafft.

Ich freue mich auf zuhause. Auf meine geliebten Kinder, meine Freunde, auf mein eigenes Essen, auf Gesichter, die ich mir merken kann und will, weil sie unter keiner Maske versteckt sind, und auf irgendjemanden, den es nicht stört, wenn ich vor mich hin hinke und mein BH mal ein bisschen offenbleibt. Mit oder ohne Kamera.

33. (N)immer der Nase nach

Und dann, nachdem wir alle geimpft waren und die Sache mit Corona schon durchgestanden zu sein schien, passierte das Unfassbare: Wir bekamen alle Covid!

Die Corona-Krönlein grinste – dieses verschlagene, hinterhältige Luder hat also doch intrigiert. So unschuldig hat sie sich in den letzten Wochen gegeben, als ob sie das alles nichts mehr anginge und plötzlich turnt sie aus einer Fauteuil-Ritze hervor und tut kund: „*Lotta, die Welt dreht sich weiter. Auch ohne dich. Du bist nicht für alles und alle verantwortlich.*"

Zack. Prack. Jahrelang haben wir darauf hingearbeitet, jetzt fällt von meiner Familie einer nach dem anderen sowohl aus als auch um: es wird intensiv getestet, ein bisschen Rotz und Spucke in die adäquaten Gefäße verteilt, ein paar rote Stricherl hier, ein paar behördliche E-Mails und Anrufe dort und ehe wir uns versehen, sind wir vier ein Teil der täglich verfolgten Statistik an Covid-Neuinfektionen. Be part of it. Dabei sein und nicht nur zusehen. Das ist das Motto.

Tag 1: Ich fühl mich pudelwohl, ein bisschen schlapp vielleicht, könnte aber auch am Frühling liegen, sicherheitshalber lasse ich mich im Zuge meiner morgendlichen Stadtrunde testen. Anschließend zum Frisör, zum Bäcker, ins Lebensmittelgeschäft und auf die Bank. Zuhause putze ich noch den Teppich, den ich noch nie geputzt habe, bringe das Altglas weg, wasche Wäsche, koche, gieße Blumen. So Zeugs eben. Sachen, die nichts wert sind, weil sie nicht bezahlt werden. Abends lege ich mich zufrieden ins Bett und freue mich auf meine Vorhaben, die ich diese Woche noch auf dem Radar habe.

Tag 2: Ich wache mit Halskratzen und mehreren Handypiepsern hintereinander auf: Steiermark testet, Österreich testet, Landesregierung, Bund und Bezirkshauptmannschaft, Hinterzipfelspatschen und „für-ein-geeintes-Nasenbohren" klingeln bei mir herein, alle teilen sie mir mit, dass das Virus bei mir nachgewiesen wurde und ich nun abgesondert werde.

Abgesondert! Früher bezeichnete man mich wenigstens noch als SEKRET(ärin), jetzt werde ich bloß mehr ABGESONDERT! Zur Vorsicht lege ich mich mal ins Bett, werfe mich in den Pyjama und freue mich auf ein paar gute Krimis. Die Hausarbeit mache ich noch nebenbei, drängt sich aber nicht besonders in den Mittelpunkt, denn ich habe offensichtlich mein Näschen für sie verloren. Ob es in den Mülleimern schon stinkt, oder nicht, sollte für längere Zeit ein Geheimnis bleiben.

Tag3: Erst jetzt realisiere ich es so richtig: 10 Tage keinen BH. Freiheit pur. Free your boobs! Im selben Moment wird mir aber auch klar: es hat mich erwischt. Aber sowas von. Aus dem anfänglichen Halskratzen hat sich eine ausgewachsene Grippe entwickelt, ich habe Schüttelfrost, der am Nachmittag in Fieber übergeht, ich huste, bin schlapp, der Schädel brummt. Und ich trinke Tee. Niemals trinke ich Tee. Ich hasse Tee. Doch jetzt trink ich ihn. Und er tut mir gut und schmeckt mir. Verdammtes Covid! Ich sage alle Termine in den nächsten 10 Tagen ab, darüber bin ich sogar irgendwie froh, bis ich realisiere, dass diese alle nur aufgeschoben sind, keineswegs aber aufgehoben. Und ich denke an die Frisörin von vorgestern. Wie es der wohl geht?

Tag 4: Die Ohren stechen, die Nase rinnt, der ganze Körper schmerzt. Die Gebeine, die Muskeln, die Sehnen – was weiß ich. Ich kann nicht mehr liegen. Nicht auf dem Rücken, nicht auf der Seite und nicht am Bauch. Stehen, sitzen oder gehen ist aber auch nicht lustig. Fernsehen geht. Irgendwie. Ich ziehe mir Sozialpornos und Trash-TV rein - ohne mit der Wimper zu zucken. Sonst schau ich das zwar auch, das würd‘ ich aber niemals zugeben. Und immer mit schlechtem Gewissen. Dieses ist nun weg. Ich darf!

Tag 5: Ich habe mir einen fixen Fernsehrhythmus angewöhnt: Die Rentnercops, die Rosenheimcops, 4 Frauen und ein Todesfall, Seinfeld, Frauentausch, 2 and a half men, the big bang theory. Und dann alles wieder von vorn. Und auf anderen Programmen. Und die Wiederholung der Wiederholung und das best of und die Classics. Riechen und schmecken tu ich schon lange nichts mehr, nichts desto trotz habe ich ungebrochenen

Appetit und schaufle Sachen in mich hinein, die mich zwar nähren, mich aber nicht befriedigen. Alles weg.

Tag 6: Ich habe keine Ahnung, welcher Wochentag ist, ich frage die Kinder. Sie wissen es auch nicht, weil wir alle darniederliegen. Wir versuchen miteinander Essbares auf den Tisch zu bringen, danach verschwinden wir für Stunden in unseren Löchern. Weiters habe ich keinen Schimmer, wie das Haus mittlerweile riecht. Sehen tu ich Riesen-Lurch-Wutzerl auf den Stiegen, die irgendwie immer lebendiger werden; die nicht entsorgte Fischdose hat keinerlei Odeur, die Biotonne stinkt nicht mehr und auch ich erfreue mich keines besonderen Körpergeruches, obwohl ich im Bad nicht wirklich oft vorbeischaue. Hach, wie ist das schön! Keine Sorgen mehr. Das System hält sich offensichtlich selber aufrecht.

Tag 7: Jetzt wird's mir aber zu bunt, die x-te Wiederholung von den Rosenheimkops, den 14. Liter Tee emotionslos in mich geschüttet, das Bett hart wie ein Brett, keinerlei Ansprache von Freunden, und das Essen besteht aus wirr zusammengefügten Resten, die weggehören. Schmecken tut es nicht, ich könnte auch Schuhpaste essen. Jedoch steige ich keinen Zentimeter von meinen üblichen Essgewohnheiten runter, ich halte meine Mahlzeiten genauestens ein und werde erst am letzten Tag die Zunahme meines Umfanges bemerken, wenn ich wieder in ein richtiges Gewand schlüpfe.

Tag 8: Das Verschwinden der Gliederschmerzen steigt proportional mit der Zahl der kleinen Staub-Lurch-Ableger im Stiegenhaus, hinter dem Fernseher und in der Küche. Dort gesellen sich auch noch Speisereste der letzten Woche hinzu, was meinem ansonsten eher schleifenden Gang ein gewisses aufregendes Knirschen verleiht. Meine Haare haben keine einzige Locke mehr, Roll Ons werden überbewertet, aber BHs! BHs sind doch wirklich eine feine Sache, das merke ich erst jetzt: sie halten an der Vorderfront alles zusammen. Meine Boobs sind sonst ganz verloren. Die wissen nicht wohin, es weist ihnen keiner den Weg. Und nein, ich habe kein Fieber mehr. Dies sind meine ganz normalen Gedankengänge.

Die Welt dreht sich weiter. Auch ohne dich.
Du bist nicht für alles und alle verantwortlich.

Tag 9: Das Altglas stapelt sich erneut in der Kiste, das Plastik quillt über, die Biotonne ist randvoll, riecht aber komischerweise immer noch nicht, die Fischdose steht immer noch herum und ich bin schwindelig. Versuche ein paar Handgriffe zu erledigen, es dreht mich wie im Wurstelprater, die Beine schmerzen, als wäre ich laufen gewesen (als ob ich schon jemals laufen gewesen wäre, aber das sagt man halt so!) Im Laufe des Tages wird das Teegekoche eingestellt, ich widme mich einer ausgedehnten Körperpflege samt Klauenschnitt und mache erste Schritte in den Garten. Zwischen meinen Fingern zerreibe ich ein paar Kräuter, schnuppere daran – vergebens! Da ist nix mehr. Kein Duft. Ich rieche nix. Ich schmecke nix.

10. Tag: Jetzt geht das ganze Theater wieder von vorne los, denke ich mir, während ich jene Termine, die ich zuvor absagte, wieder mühselig telefonisch zu erneuern versuche, ich räume langsam den Müll aus meinem Haus und begrüße die Lurch-Kompanie auf den Stiegen. Für die fühle ich mich noch nicht gewappnet genug. Meine Teevorräte verbanne ich in den hintersten Winkel der Küche – igitt! – und kochen tu ich uns ein gutes Supperl, völlig ohne Geschmack.

Wo ist der Duft von frisch gekochtem Essen, wo der meiner Kinder? Ich rieche sie nicht mehr, auch nicht das Deo, von dem sich die Teenager immer zu viel rauf tun. Beim Lüften kommt kein Geruch von frisch gebackenem Brot aus der nahen Backstube. Ich rieche die Erde nach dem Regen nicht und der frisch drapierte Rindenmulch vom Nachbarn lässt mich kalt, von den ersten Frühlingsblumen und dem Gegrillten überm Zaun ganz zu schweigen. Und was das Schlimmste ist: ich kann mich auch selbst nimmer riechen.

Aber dann, oh Jubel, oh Freud! Ein paar Tage später steigt mir das erste Mal was in mein Näschen: die Jauchenfuhre vom Bauern auf dem Feld hinter mir, ein Gestank, dass die Hälfte genug wäre, befreit mich offensichtlich von dieser hinterfotzigen Krankheit. Und plötzlich ist alles wieder da: der Schweißgeruch der Sportschuhe im Garderobenschrank, die Abgase der wie irr fahrenden Autos, der beißende Hausbrand-Geruch von nebenan, der

Rülpser eines Bekannten und sämtliche Fürzchen aus der Nachbarschaft. Ich rieche die alte Fischdose, den Biomüll und das verstopfte Abflussrohr.
Ich bin wieder da! Und frage mich: hat's bei uns immer schon so gestunken?

****

Nach dieser doch etwas längeren Abstinenz von der Gesellschaft und den täglichen Verpflichtungen bin ich erstmal froh, alles gut überstanden zu haben und sehe die Welt wieder ein bisschen mit anderen Augen.

Wie spröde, begrenzt und zerbrechlich doch alles ist, wie schnell so vieles kaputt gehen und sich ändern kann! Ausgelöst durch eine vermeintliche Kleinigkeit, die in der Lage ist, alles zum Stillstand zu bringen…

Mir fällt die Krönlein ein mit ihrem Spruch: *Lotta, die Welt dreht sich weiter. Auch ohne dich. Du bist nicht für alles und alle verantwortlich.* Wie recht sie doch hat!

Aber ein bisschen mitmischen werd' ich schon noch - trotz meiner vielen Unzulänglichkeiten, Kalamitäten und Wehwehchen. Ich werde meine Krone immer wieder gleichrücken, sei's herausgeputzt im schönen Kleid oder im Notfall auch ganz pudelnackert und verletzlich.

Ich werde mein Binkerl mutig und gleichzeitig dankbar für so vieles weitertragen. Es geht mir nämlich eigentlich eh ganz gut. EIGENTLICH…

Danke

…an meine Kinder, dass sie sich meine Geschichten immer wieder gefallen lassen und unfreiwillig öfters zu deren Hauptdarstellern werden. Danke an Stefan für die Motivation zum Buchtitel

…an Elisabeth und Heike, die als korrigierende Testleserinnen wieder die Versuchskaninchen spielten

…an meine Eltern, die den Grundstein legten für manch skurrile Phantasie in meinem Herzen und meinem Hirn

…an die allumspannende überirdische Kraft, dass sie uns in der Pandemie letztendlich doch glimpflich davonkommen ließ und mich - abgesehen von meinem Grund-Zipperlein - mit einer recht kernigen, zähen Natur ausgestattet hat

…und an die Menschen rundherum, die mich immer wieder – meistens ungewollt und unbewusst – zu meinen Gedanken und Geschichten motivieren.

Über die G'schichtl-Druckerin:

Christine Wadl wurde 1969 geboren, sie wuchs im Mürztal auf.

Seit 2018 schreibt sie in ihrem Blog „die hinkende Lotta“ über ihr Leben als dreifache Mutter mit einer spastischen Gehbehinderung.

2021 erschien ihr erstes Buch „Strichmännchen dürfen das“.

Blog: http://diehinkendelotta.blogspot.com/

Kontakt: christine.wadl@gmail.com